阳光集 马晓康 主编

牛殿庆 著

飘落的忧伤

山东友谊出版社·济南

图书在版编目（CIP）数据

飘落的忧伤 / 牛殿庆著. -- 济南：山东友谊出版社，2022.10（2023.9 重印）
（阳光集 / 马晓康主编）
ISBN 978-7-5516-2307-0

Ⅰ.①飘… Ⅱ.①牛… Ⅲ.①诗集－中国－当代 Ⅳ.①I227

中国版本图书馆 CIP 数据核字 (2022) 第 194282 号

飘落的忧伤
PIAOLUO DE YOUSHANG

责任编辑： 王　洋
装帧设计： 北京长河文丛文化艺术有限公司

主管单位： 山东出版传媒股份有限公司
出版发行： 山东友谊出版社
　　　　　地址：济南市英雄山路 189 号　邮政编码：250002
　　　　　电话：出版管理部（0531）82098756
　　　　　　　　发行综合部（0531）82705187
　　　　　网址：www.sdyouyi.com.cn

印　　刷： 济南乾丰云印刷科技有限公司

开本：880 mm×1230 mm　1/32
印张：39.875　字数：900 千字
版次：2022 年 10 月第 1 版　印次：2023 年 9 月第 2 次印刷
定价：180.00 元（全六册）

目 录
CONTENTS

第一辑 乡村心愿

003 乡村心愿(五首)
009 母亲的玉米
012 母亲的麦田
014 收狄麦子
016 家禽琐忆(三首)
019 故乡(五首)
026 回老家的心情(七首)
031 黑土回望
033 童年
035 春回故乡(十首)
038 大酱家史
042 泥土的芬芳
045 2019年暑假回东北老家
048 上坟(七首)
052 同学会

第二辑 飘零的心絮

059 盛世抒情(三首)

065 城市麻雀
068 少女的心
069 种子
071 记梦
073 假如
075 再见的手不要举起
077 旅途
078 我和你
079 你来了
081 怕
082 力量
083 相思树
084 无题
085 我的心愿
086 响亮的名字
087 唐代自然木乃伊
088 屈原祭
091 岁月留痕（二首）

第三辑　怀旧的心思

097 日子——写在女儿成家的日子
101 怀旧的心思
102 那些日子（四首）
106 同学的你

109　故事（五首）

113　单身贵族

115　想你的日子

117　早点回家

119　假小子

122　那时候　这时候——我对少年说

124　碰撞新年

126　又是端阳

127　三根头发

129　一枚叶签

第四辑　一路走过

133　江南（六首）

137　夏天的联想

140　秋天的散步

142　八月桂花香

143　一米阳光

145　九莲灯

147　今日阳光灿烂

149　请阳光进来

150　走在阳光里

152　养花的心情

154　横溪水库

155　它山堰

157　太湖石

158　院士公园（三首）

161　人在旅途

165　宁波梁祝文化公园抒怀

第五辑　长歌吟

169　50 岁以后（八首）

181　老子（七首）

195　后记　告慰我苍老的爱诗的心灵

第一辑

乡村心愿

柳芽从鲜嫩的笛声中悠悠抽出
鲜嫩的心灵沐浴在故乡的春光里

乡村心愿（五首）

一

炊烟
是寒冬伸向黎明的温暖
是雪地绘向
星空的遐想
天空被涂抹得层层叠叠
斑斑斓斓

母亲伸了一下腰
一天就开始了
老天眨了一下眼
黑板上的涂鸦就被擦掉了
公鸡正了正鸡冠
说明它的工作完成得很出色
还是跳下来
领着母鸡一群
咯咯咯地温顺着
欢送母亲出门

母亲
跨出了门槛
大黑迅速地摇着尾巴
亲昵地让母亲抚摸
猪们在圈里发出了存在的问候
鸡鸭鹅
鼓掌欢呼
小院歌舞升平

早餐
是从家畜家禽们开始的

二

母亲把煤油灯
点亮的时候
乡村的嘈杂就熄灭了

母亲把煤油灯
点亮的时候
我的前程一片光明

母亲把煤油灯
点亮的时候
就把乡村的心愿点亮了

大黑领着一群鹅
忠实地守着飘摇昏暗的灯光
守着夜色的深邃宁静
守着若隐若现的少年幻梦
似水流年
故园成焦
相思成炭

三

毛毛道
蛇伏在浓绿里
穿行在田垄间
伸向远方
伸向瓜园

童年的翅膀
在蝴蝶身上
小鸟身上
蚂蚱身上
飞翔
一不小心
草地上就会惊飞一群想象
天空中就会跌落万种芬芳

瓜熟啦

无数香甜的翅膀
在周身飘荡

西瓜瞪圆了眼睛
游荡在瓜棚的
远远近近
终于笑破了肚皮
天空
撑满了愿望
很长很长的口水
滴落在童年高高矮矮的叶子上

岁月的秸秆
时常撑起那一片阴凉
缀满季节
绿绿黄黄

四

草原
在有阳光的坡上
晾晒着棉花一样的绵羊
还有长胡子的山羊
松绑的牛马
在徜徉

鸭鹅猪
各自类聚
倌儿们
各自类聚
草尖上挂着晶莹的快乐
阳光把绿野
晒得活蹦乱跳

鹌鹑的叫声
渗透天空和骨髓
是最催眠的音乐

那哺育的幸福
是蔓延到周天的慈爱
结了群的翅膀
纷飞在溪水边与野花斗美
牛马的身上流行歌手在竞唱
顶着老阳的动物
把溪水搅得乐声激荡

五

牛粪像太阳一样
挂在西天
升起来的烟
缠在牛身上

牵在马尾上
绕在羊群旁
织在草原上

把鲜嫩的玉米棒子
烤起来
把土豆毛豆还有倭瓜
埋在牛粪火里
是谁的主意
用枝条把鱼串上
原野被烤得四溢芬芳

吃香了吃饱了的心情
随那牛羊
懒散在嫩草上
风把多余的欢快捡起来
马背上
蓝天绿地间
涨满了飞奔的狂想
惊飞了的翅膀
旋转着梦想的
天空

西天那一片牛粪
喷香喷香

母亲的玉米

母亲在春日的暖阳里
把园子里的土一锹一锹地翻起来
一团一团春天的气息
把全家的心肺
滋润得春光荡漾

一条一条的垄
卧起了一条一条的龙
母亲拄着镐
把垂在额头的长发往耳后抿一抿
汗水在母亲落满尘土的脸上
犁了一条又一条垄
母亲的眼前飞起一条一条的龙

母亲红润的脸微笑着
映着五月初升的太阳

一镐一镐地刨完坑又灌满水
玉米种子被埋在了土里
母亲实实地踏了一脚

脚印整齐地排在一条一条垄上

母亲把美丽的图案
描绘在我的一生里

玉米在母亲慈爱的目光下
伸出一双鲜嫩的小手掌
母亲笑容灿烂地说
玉米出生了

母亲不断地培土
不断地浇水
不断地施肥
那些杂草刚露出头来
就被母亲果断地连根锄掉了
猪们狗们总是在篱笆外徘徊着
母亲的玉米在母亲的呵护下茁壮成长

叶子一片
　　两片
　　　三片……
腰身一节
　　两节
　　　三节……
母亲在月夜里听咔嚓咔嚓的拔节声
淡黄色的头发长成一条一条的小辫子

那墨绿的强壮身躯
让母亲仰视着喜悦

抽穗子啦
吐缨子啦
玉米的腰身沉甸甸的
风起时就哗啦啦地响
像迎接母亲检阅的仪仗
母亲又去犁那垄
又去培那土
深得能恋住泥土
深得能把根留住

鲜嫩的缨子长成黑发时
那长长的玉米棒子
鼓鼓的玉米棒子长成了

母亲用真诚的心捧着
丰收的喜悦
脸上、眼上、嘴上……
母亲的腰弯了下来
秋风拨动着几丝灰白的头发
拨动着家园荒凉孤独的琴音

母亲的麦田

最后一块冰雪被母亲融化了
麦种撒进了春天里
风沙吹疼了
母亲望穿丰收的眼

一场春雪铺天盖地
披着雪花的母亲笑着
那新雪把母亲打扮得一身洁白
麦田上喜洋洋地蒸腾着
母亲听到了隆隆的声音
　　　一车一车的麦子吆喝着
涌进家门

麦子在阳光下拱出黑土了
那绿光笼罩着母亲的笑脸
一群一群的翅膀舞向天空
母亲的伟岸是一杆枪是一把戟
躁动的春天在倒退
疯狂的盗贼在败走

麦子如茵风舞如缎

母亲看那绿茵茵的麦子
看那波光漾漾的麦浪
看那滔滔滚滚的麦浪
母亲嗅到了馒头的香味儿
白色的水汽在蒸笼里升腾升腾

麦子用黑绿色的茁壮
回应母亲慈祥的守望
像阳光一样慈爱的母亲
像雨水一样无私的母亲
像晨风一样轻柔的母亲

麦子坚挺起来,肩并肩手牵手地庞大起来
开始兴风作浪啦
一有点风吹草动就像军团一样
轰隆隆地推进

母亲低头向下探看着
麦子的头伸了出来
夏天火辣辣地来了
麦子锋芒毕露啦
麦子脱下绿色的征衣啦
麦子,回归家园的麦子
麦子,香喷喷的麦子
母亲开始东奔西忙啦
麦子回来啦!
麦子回来啦!

收获麦子

这一年麦收的喜悦泡进了
无边的雨里
母亲被泡在
无边无际的愁里
初春种下的希望
泡进了全村人的泪水里

母亲从麦田里抱回
一捆臃肿的麦子
无论如何,这浮肿的粮食
可以阻止一家人
胃肠叮咚咕噜作响的吵闹声
在刀和剪子的厮杀声里
麦首纷纷落地
用大铁锅烘干
再把麦粒在簸箕里用鞋底子碾出

麦子粥终于以食品的身份
在一片饥饿的呼唤声里
阻止了蔓延的雨季

直到下一个麦收季节
全村人吃的都是生芽的麦子
每一顿面食,全村人吞下的
都是母亲们的忧愁
　　　父亲们的叹息
被秋雨浸过的忧愁
凝结成一块黑云压在屯子的上空
压在我充满乡愁的心口上

母亲的泪水无数次地浸湿麦田
我无数次地发誓
在下一个麦子成熟的季节
我的每一粒肌肉咯咯作响的声音
都能驱散合谋的乌云

后来,我长成了家乡麦田里的一株茁壮的麦子
在风雨的抽打里坚强
我的芒是愤怒地指问天空的利剑
每当乌云飘来的时候
我的芒就会闪亮起来
飞向天空,成为阻止愁雨连绵的一束束光芒

家禽琐忆（三首）

公鸡之死

公鸡因为肩负种鸡和叫早的双重使命
又是在鸡鸭鹅中属元老资格
所以它担任家禽的领导
总是趾高气扬的
因为它是不下蛋的鸡
母亲总认为它光吃饭不干活
又经常欺软怕硬多吃多占
就连大黑狗也不放在眼里
大黑厚道
它想对猪怎么样，但猪
怕什么？早晚一刀
开水都不怕
最重要的是母亲总是在梦里
它就开口叫了
那时天还撒着羊粪一样的星星
母亲终于找了一个借口
就是大嫂第一次进门时把它杀了

天　亮

大黑的尾巴摇了摇
窗外就有了白光
它抖了抖一身黑毛
就抖落了半天星斗
鹅，啊一声
猪，哼一声
我家的篱笆上就挂满了黎明
母亲的哈欠还伏在门框上
大黑摇摆着尾巴献殷勤
直把那狗嘴送到母亲的掌心里
母亲的天才亮了

鹅的身份

母亲是一把鼻涕一把泪
把大黑埋在我家后园子里的
她那灰白稀疏的头发像深秋
野地里的草，在枯萎
褶皱的脸上可怜地拂扫
鹅们围着一条死狗的坟墓
"啊啊啊啊啊"地欢呼着
母亲认为这是为大黑哀号

大黑死了，鹅们具备了守夜和叫早

的双重身份，尤其是那只
老种鹅，如果大黑不老死
到落雪的时候它就成了餐桌上的一道炖菜
鹅们最突出的优势是具备团队的凝聚力
那只老种鹅也从不搞个人英雄主义
夜里它总是一听到危险信号
就奋不顾身地率先"啊啊啊"
鹅们就用巨大的翅膀拍打着
满院的星光
搅乱了夜色
群鹅奋起"啊啊啊"
点亮母亲的煤油灯
月光里的一只只大白鹅才
收紧了翅膀
收起了小院的宁静

故　乡（五首）

一

能看到太阳升起的地方
霞光
漫过田野
爬过山梁
把河水吻个透
在雄鸡屹立的地方
悬挂在浓浓的炊烟之上

能数着落日走下山坡的地方
大红大紫的油彩
哗啦啦
泼在成熟的庄稼上
泼在袒胸露背的农人身上
涂抹在农妇呼唤家禽的叫声上
涂抹在五彩缤纷的村庄

让心灵靠岸的地方
梦开始的地方

是故乡

二

你是我心头上的一份千年牵挂
思也悠悠
念也悠悠
思思念念几时休

你是我心海里的一片云帆
去也悠悠
归也悠悠
归去来兮几多愁

你是我记忆里的一部尘封的书
读也忧愁
写也忧愁
读读写写总回头
添枝加叶尽风流

你是我毕生倾情的诗篇
喜也颤抖
悲也颤抖
悲悲喜喜酿醇酒
男儿热血波涛涌

你是我身后的一棵岸柳
爱也牵你手
恨也牵你手
爱恨一生牵你走
魂魄把根留

你是父亲坟头上的一片枯黄的等待
焦枯坟头
灼伤心头
焦焦灼灼是愧疚
望穿清明大路口

你是母亲泪眼婆娑的期盼
眺望路口
望穿归途
遮遮望望伤了眼白了头
直到临终握儿手

你是我愁云迷雾里的双眸
思念为你泪滴穿透
泪滴穿透千疮百孔是乡愁

三

闰土和阿Q的乡亲
轻轻地哼着乡俚小调

小船穿过大街小巷
划过秀美的江南

那是谁家娇美的媳妇
在水边清洗着一家的辛劳
小桥上驻足观望的
是因为哪片美丽的风景

低低矮矮的民房
顶着鳞鳞的黑瓦
顶着小镇一页页陈年老历
一声声浓醇乡音的叫卖
从窄窄的巷子里冒出来
乡情就灌满了五脏六腑

几进几出的深宅老院
让攒动的人头仰慕着一方权贵
历史总是让英雄站在显眼的地方

呀呀的橹声和着小桥流水
婉转低回
这是故乡对游子千年不变的呼唤

四

怎样挣脱你的怀抱

你，弯着腰伸着双手
欣喜地瞩望着蹒跚的
脚步

什么时候
你的牵手成为我的羁绊
你把叮咛刻在日出里的背影
写进深夜的酣梦
每一次跨出门槛
都有你千呼万唤的操心
挂在心头

把希望张贴在所有白天
把牵挂锁在无限的夜晚
日月都打进了行囊
你一直送我
一直送我走出
你的泪光
我一直也未能走出
你那只遮望的手掌

是秋阳把游子的鬓发
浸染成霜
是时光把思乡的醇酒
窖酿

乡愁压弯了双眉
腰身
支撑在一根拐杖之上
总是有蹒跚的幻影
在眼前飘荡

心已灼成
枯灭的火山
你是临终告白的一句唠叨
你是百年归途的曲折眺望

是怎样回望泪水铺就的归途
你的手是村边的古藤
我多想是你垂岸的细柳

五

北方落雪的时候
你早就站在了寒冷里
雪还没落下的时候
你就在我的心里融化了

你徘徊在寒冷里
走来走去的期待
融化了我心头的冰雪
我不能也不敢看你的面容

你的面容上写着你的名字
你的名字早在我的眼里变成了
滔滔的松花江

你站在大片大片
飘雪的童话里
你早就成了讲童话的雪人
落叶松在你的身后
像一把把鹅毛扇高举着对天空的想象
那条河
在我的诗里歌唱的河
正在雪被下酣睡
跟大地混在一起
跟天空连在一起
她仍然是你眼前流淌的希望
你的心早已越过冬季
等待成长的时间
与鸟儿一起飞翔
与小河一起流淌
与天空和落叶松一起茁壮

雪落下的时候
你仍然站在寒冷里
雪落下的时候
你就把我融化了

回老家的心情（七首）

牵　挂

像夏天的藤蔓
缠了讲台
绿了书架
漫过电脑电视机
眼睛一触摸到
故乡的情节
浑身就长满了绿叶

爬藤的牵挂
朝朝暮暮月月年年
梦绕魂牵
向北方蔓延

回　忆

柳晕朦胧绿
春梦笼长堤
柳笛婉转成

光屁股的记忆
无忧无虑
播洒在房前屋尾
乡间道上
落日拖着一条黑狗
恭迎下学的少年
黄昏扫着父亲
夕阳挂着母亲
翘看天边飞来的
期盼

期　盼

铸信念成犁
耕黑土播五谷
耕黄土种花木
耕种心田
就生出了沉甸甸的责任
格局中总有一望无际的金黄
翘望成熟的老家
总有抑制不住的颤抖
孤灯下白发苍苍
月光下雪裹里
坟丘的荒凉

行　囊

打点行囊
老人兄妹的
三叔二大爷的
朋友同学的
怎么装都缺少
亏欠那份
怎么装都装不满
回报那份
怎么装都显得轻
那是怕家乡把自己看重

车来就上路
只要登程
就会有老家的美酒相迎

石　头

我就是那块滚回老家的石头
砸进一潭平静
热浪拍响乡音
卷起心潮
往事卷千层
童真舞彩虹
虽有鸿鹄千里志

有愧把酒唱大风
脚步走出坚定
怀揣根土
就是拥抱乡情
宽厚的包容
暖了坚冰
当年村头的明月
醉成故乡的
风景

风　景

从思念中抽出芽来
就长成纵横交错的心情
就长成绿油油的起伏波浪
是故乡的辽阔
激荡成歌
在东北松花江上
沧桑化作无际的豪迈
说下就下说停就停的骤雨
寒冬腊月滴水成冰
凝铸老家的刚烈
长成棒子样的男人
辣椒样的女人
谱写黑的一页
绿的一页

黄的一页
白的一页
一页一页
让人下泪的传说

酒

把杯子装满情
用情浇灌血液
酒就浓了
用酒来表白
怎么也表不白
沉醉下去的太阳
一片漆黑倒地
夜来香撞倒一堵墙
绕过萤火虫
飞来一阵阵歌声
窗帘拉了一下太阳的脸
天就白了
是如期到来的
约会

黑土回望

在太湖边散步
心情永远被流浪
笔一接触到故乡
黑土的根须就会在心头茁壮

冬雨寒残思绪绵绵
河畔的垂柳
阳光下绿又转黄
那千条万条的乡路啊
早已伏满衰草

鸟鸣里跳动着太阳
阳台上挂满假日的长衣
仿佛舞动着暖暖的故乡
那洁白的雪野啊
抛洒着一束一束的阳光
梁溪河机声喧闹
河水搅翻着水里的月亮
也搅动我清冷的身影
在相思桥上

一步一步丈量

回故乡披两肩星辉
顶一轮月亮
在江南的绿光里
我的脚步
踩一湾河水
在飞翔

在古运河边徜徉
生命永远辉煌
做一株骄傲的青草吧
在黑土里孕育
在黄土里成长

童 年

炊烟升起的时候
朝霞刚刚散去
妈妈在光屁股上狠狠拍下
好痛好痛哟

骤雨刚刚散去
彩虹悄悄升起
那是五颜六色的绸带吗?
要是把它扯下做一彩衣
妈妈一定欢喜

秋叶刚刚散去
寒潮偷偷来袭
妈妈悠长的呼唤
扯也扯不断
像柔软的布条鞭抽打着陀螺旋转

晚霞退落的时候
一颗一颗的星星升起
一声声稚嫩的呐喊

呐喊出小树林顶天立地的故事
一棵又一棵
数也数不完

春回故乡（十首）

一

柳芽从鲜嫩的笛声中悠悠抽出
鲜嫩的心灵沐浴在故乡的春光里

二

闰土的名字和我一起走回故里
那捕雀王的骄傲却永远珍藏在童年

三

哗哗哗的河水从女人们鲜艳的笑声里潺潺流来
那拔节的母爱便缠绕在身前身后

四

用你熟透的名字灌溉龟裂的乡愁
却怎么也长不成参天的玉米

五

她的馅饼喂过同桌饥饿的肚子
同桌怎么也没喂饱姑娘深不可测的心愿

六

五奶奶的小脚轻轻地从妈妈的月子里走出
却没有走出我高大的身材

七

我的面孔刚投进井水
许多叹息就从井底生起

八

二舅的几声吆喝
就结束了屯子的红白喜事

九

屯子的烟囱喷向黎明的色彩
是土屋对绘画的贡献

十

如今拎大茶壶走在送葬队伍前头的喜春哥
严肃成屯子里一位有头有脸的人物

大酱家史

每当艳阳高照的时候
祖母就搬一把小凳子
去酱栏子里
守候那一缸染透春夏秋冬的
　　永恒的大酱

捣大酱的耙子在祖母的手里
有节奏地撞击岁岁月月
豆酱翻滚着发黄的家史
骄阳微合着双眼
把苦难与幸福洒向人间
　　　　　太阳
　　　　　　　大酱
　　　　　　　　　耙子
　　　　　　　　　　　祖母
　　　　一下
　　　　　　一下
　　　　　　　　一下
　　　　　　　　　　一下
　　　　大酱

大酱
　　　大酱

祖母想梳大辫子的时光
她是一粒饥饿的大豆呀
为了一布袋高贵的粮食
就被播进了祖父的酱缸里
　　发酵
　　　　发酵
　　　　　　发酵
在春夏之交的艳阳里
祖母终于酿成了芬芳四溢的大酱
那长长的发辫连同少女长长的梦
都被捣进了我们家的酱缸里
　　一下
　　　　两下
　　　　　　三下
那美丽的疙瘩髻在草屋下的酱栏子里
迎着明媚的阳光跳跃着
　　一下
　　　　两下
　　　　　　三下

父亲是祖母贪黑割豆子时
遗落在豆地上的一粒饱满的豆子
祖母最爱听风摇豆荚的音乐

还有蛐蛐、蝲蝲蛄、蚊子的合唱
有一声美丽的呻吟加了进去
父亲的啼鸣令田野上的交响乐此起彼伏

祖母是用弯月一样铮亮的镰刀
割断脐带的　只是
　　一下
就把父亲这粒饱满的种子
播进了我们家的田地里

母亲是祖母炒豆子时炒出的
一粒浑圆饱满的豆子
母亲喜欢豆子长出田地的丫丫状
母亲的乳名叫丫丫
母亲喜欢吃祖母的炒豆子
喜欢托着下巴看祖母眯着眼
捣大酱的神态
　　一下
　　　　两下
　　　　　　三下
母亲的青春和幸福跳跃着
她是一枚鲜亮圆润的豆子啊
灾难一次次惊扰恬淡的酱栏子
还应很丰满的时候
她就干瘪了腰身
捣碎了多少日月啊

祖母捣着辛酸和温馨的故事
伴我成长

每当艳阳高照的时候
母亲就搬一把小凳子
　　去酱栏子里
　　　　一下
　　　　　　两下
　　　　　　　　三下
翻腾着辛酸和幸福的时光
捣碎了多少日月啊
捣出了千秋万代子孙满堂

泥土的芬芳

泥土的感情是通过
五谷的根部向我传达的
我吟过玉米饼子的充实
唱过大豆摇铃的秋歌
写过小米饭的回忆
最后从一盆花草的根部得到启示
那永不枯竭的营养
是泥土的芬芳

走出少年
稚嫩的翅膀在故土上空飘荡
梦眠在故乡的土炕上
泥土的情感从庄稼的根、茎、叶
通过妈妈的一根辛勤的烧火棍
通过呼唤黎明歌颂夕阳的炊烟
向我传送火热的芬芳
而今火热的思念长长撩拨
夜晚回归故乡

很早就熟知背井离乡的含义

泥土的情义通过家乡的井口向我呼唤
深井水通过一根粗麻绳
一只柳编的水篓
向我传达甘甜的思念
故乡啊
你的芬芳从深井的底部汩汩流出
润泽了游子几回回梦中愁肠

雨季灌溉伏天干热的愿望
泥土的芬芳通过注满雨水的坑
向光屁股的童年传递无忧无虑的快乐
那拔节的母爱是从一根庄稼的秆开始
顺着妈妈们缠绵又凶狠的吆喝
传递到沾着泥土的屁股上
激荡着泥土的芬芳

鸟儿在春天自由的天空欢唱
滴翠的五月犁开泥土的馨香
插着翅膀的童心从课堂起飞
通过一串夹子和一张弹弓
还有爬树掏鸟窝时刮破的裤子
向今天炫耀如醉如梦的快乐春天
你的芬芳永远在童年飘荡

从一支自动铅笔开始
从一只变形金刚开始

从会说会唱的布娃娃开始
通过比较的方法
让孩子们听我讲
从前爸爸在故乡
爸爸的童年有泥土的芬芳

2019年暑假回东北老家

回老家,从宁波出发
在神话传说的天上
腾云驾雾在蓝天之上
在蓝天白云之上
老家,老家
在山那边,海那边,江那边……
白云之下是老家

回老家,下了飞机
从哈尔滨出发,自驾
一直向北,过松花江大桥
过太阳岛,江桥的弦上拨动着
二十世纪的一段流行的旋律
在年轻的时光里
顺着江水流着这首歌
正是江边风华正茂的
一株戴着太阳帽的芦苇

回老家,往大黑公路黑河方向
经呼兰、兰西、海伦、青冈、明水、拜泉……

回老家的速度就是
唱一首歌,几脚油门的事儿
边走边唱
大青杨、庄稼地、野花野草、过往的云烟
路边的野花
微笑成童年的模样

回老家,从拜泉县城的一桌同学友谊
出发,家乡的滋味
让思乡的情感炸开了门前的
百合花,回老家
向排队的大青杨挥手
向高高的玉米地致意
向刚结果的大豆,向把夏天都香透的瓜园微笑
当一大片一大片的土豆花在风中舞蹈的时候
故园围着一条白色丝巾
正站在乌裕尔河边眺望

过南一桥,爷爷叼着个烟斗
戴个斗笠,弓身站在那里
到月亮爬上天的时候
他一跺脚,桥下的青蛙
就把河水聒噪成舞台上的交响乐
我的血管汩汩流淌着夏虫的歌声
在歌声喧闹里陶醉
过南二桥,父亲满脸堆笑地站在那里

他的身躯是桥下最坚实的脊柱
他的肋骨是桥两侧钢铁的护栏
走过父亲的桥
我走在一生的光明大道上

当"克山欢迎您"向我招手时
我看到了无数亲人的笑脸,一个猛子
就扎进了故土的怀抱里

克山——连路边的电线杆子问一声
"你回来了?"
我都会流泪的地方

上　坟（七首）

一

照耀着我
父母的坟远远地
落进西天里的半截太阳
坟草是父亲的胡须
更像母亲站在门前远望时
被顽皮的风撩起的苍白的头发

路边的一棵蒿子扶着我
跪在光芒四射的半截太阳里

二

一把屎一把尿一口奶一口粥
一把鼻涕一把泪风里爬雨里走
风霜雪雨把我养大
养大了就嫌家小了
人大了心就装进了天空
插上了翅膀

总嫌家乡不够大
总嫌道路不够远
总嫌房子十分破
总嫌父母没有钱

是我抛弃了家乡

三

母亲撕下一块夕阳
擦了擦屋檐下看村路看远方
看花了的泪眼
挥一挥夕阳,眺望
回归的翅膀

母亲的眼里装满了想象
天空装满了翅膀

四

父亲挥着镢柄扯下
田地上空的一抹晚霞
问天空问远方
仕山那边河那边
回归的信息挂满翅膀

父亲的镢柄充满力量
门楣闪耀着荣光
天空塞满了失望
夜里的老屋寂寞凄凉

五

父亲进了土里,母亲进了天堂
寂寞和凄凉跟进了坟里埋进了泪里

春燕的信息在坟头
布满光芒
燕子呀,驾着春光回到家乡,屋檐下陪着双亲
数数漫天的星光
燕子呀,泪光流过夏夜
不孝塞满病床
燕子呀,坟上的光芒
地下的凄凉

六

大黑狗一直陪伴到夕阳西下
母亲用泪水埋掉摇头摆尾的日子
父亲用沉默收藏快乐的时光
天空真就是望穿双眼的一个念想
坟上的光芒一根一根地抽象

一种传宗接代的标榜

烧了一堆纸，斟了两盅酒，上了三炷香
不敢听大青杨问天的直白
不敢看青烟里母亲的慈祥，父亲的端庄
如果因干旱上天对庄稼亏欠得脸红
那么连狗都不如的儿子对父母就愧疚得无地自容

七

雨不孝顺土地
借口风把云吹走了
儿不孝敬父母
总是诉说男人志在远方
真想钻进这坟里
修回逝去的时光

同学会

一个高个子
站在现代信息社会的塔尖上
喊一声
三十年，该打开回归的翅膀了
微信群里挤满了被时间偷走的青春
一个个熟透的名字排进班级点名册里

当年那些孩子
现在后代都瓜熟蒂落满街跑了
三十年的岁月风雨皮鞭
已经把我们抽打成
故乡的土豆了
不弯一下腰
青春丢哪儿都不记得了

青春丢哪儿了
知天命尽人事了
怎么忘了三年的好光阴
盆勺碗筷相碰读书课堂共坐

从北京、上海、浙江、山东出发
过辽宁、吉林时喊一声
山川、河流会响应
黑龙江的大森林、大草原、大农田把手掌举向蓝天
欢迎欢迎,一个都不能少
少了你克山宾馆会流泪
爱民湖会失望
一面旗帜——
克山师专中文1987级(3)班三十年同学会
一件T恤——
鲜艳的橘黄反射青春的芳华

向前进,向前进
我们的队伍向太阳

三十人围坐一张大餐桌
酒桌上旋转一个红太阳
一张张笑脸春光荡漾
锅包肉、小鸡炖蘑菇、大拉皮、尖椒干豆腐……
多少年不回家乡了,吃不到这样的油烹土豆片
像一张张油汪汪的圆脸蛋
这是克山土豆的招牌
是克山人脸上的阳光

土豆去皮,粉碎出水
就成了黑色的稠状物

包上酸菜馅儿,名叫黑土豆面酸菜团子
这是家乡人苦难岁月的文化记忆
土豆酸菜团子在记忆里发酵
吃一口团子,泪流两行
一下子就找到了故乡

最爱吃的猪大肠灌血肠
吃一口名叫满口香
杀猪刀捅出乡村的一声猪叫
记忆里塞满了
让全屯子嘴角流油的幸福时光

黑土地热腾腾的东北腔
胃肠里装满了故乡
吃遍了天南海北的山珍海味
还是家乡的东北菜最耐品尝

土烧白酒喝了一缸、两缸……
酒桌上刮起了春风洒满阳光
当校长的、当部长的、当检察长的、当警长的……
上哪儿说理去呀,连最不爱学习的这小子都当校长了

老师说,与时俱进
三十年都可以出息成才

啤酒喝上一瓶、两瓶……

酒桌上热浪升腾
成功商人、文化名人、名师、乡村教师……
我就是默默无名的人
每天从夕阳里扛回一身疲惫
坐在热炕上,消遣
二两高粱烧点燃的快乐时光

老师说要坚守平凡
幸福在自家的门里面
每一行都有人生的曙光

唱一首歌名叫《一壶老酒》
不忘妈妈思儿的泪在流
再唱一首歌叫《鸿雁》
酒喝干再斟满
今夜不醉不还……

一个胖子大喊一声
三十年后再相聚
一个瘦子歌声响起
我决心再活三十年
等到再次相聚的那一天

第二辑

飘零的心絮

举起这块热诚的土地
干杯吧!
喝翻了整个天空
万物为我们狂喜

盛世抒情（三首）

和谐之景

乡村的烟囱描绘着
晨晖和夕照的图景
鸡鸣和狗吠
不失时机地点缀
黎明和静谧的天空

和谐就是下田的机声
和谐就是月夜的酣梦

晨光中散步在公园的
还有白鹭
鸟儿们也不想只占领树枝和天空
追人讨食的也不只是鸽子
专家开始论证人定胜天的可疑性
人类是自然的主宰昨天刚刚被推翻
公园里就上演了人和自然的和谐公平

荡起双桨的红领巾
把童声塞满天空
维护高考秩序
警察板紧面孔
要想就业大学生就得提高技能

人有所为才会有阳光下的笑容
有所事事才会有动人的歌声

五环是五大洲的五环
地震震的是地球
鲜花排着队迎接天下宾朋
礼炮张大嘴巴高呼欢迎欢迎

只要心里的大门敞开
有朋自远方来不亦乐乎

月色在小河里流淌
没有情侣的脚步
就可惜了这月夜风景
图书大楼的灯光映照校园的宁静
要是没有学子伏案求学的剪影
哪还有这月夜的生动

人文之声

是大禹筑堤的耒耜

筑了两千多年
筑成了先秦的一道墙
叫"厚德载物"
一下
　　一下
　　　　一下
加厚
　　加高
　　　　加长
一下
　　一下
　　　　一下

天下有志之士
秋风秋雨
磨破了一道一道门槛
残露寒霜
出门时这两个字就刻在心上

仁德之音汇成人文之声
流进大禹修筑的沟渠里
又流了两千多年
流过了许多蛮荒的土地
也流到了江南
小桥流水琅琅书声
——士不可以不弘毅，任重而道远

邻家的孩子叫弘毅
叫弘毅的长白胡子的老教授在讲课
——依靠人为了人
敞开胸怀团结人……

老园丁正在用铁铲疏导
雨后的积水
到淙淙的哗啦啦的叮叮咚咚的河水里
他觉得这声音好像很远很远
又仿佛就来自昨天辉煌的盛会
雨后晴光里出现了大学生志愿者
那是一群清洁使者
小树排起队伍
草地铺开绿毯
欢迎来清理那些白色垃圾
老园丁拄着铁铲眺望明天
要是以后没有垃圾
要是以后……

平安世纪

晨钟的清音敲打着城市酣甜的睡梦
太阳打了个哈欠
望着环绕高楼的鸽子
穿黄坎肩的清洁使者
打扫着城市的卫生

新崭崭的世纪坛
守望着
　　　祈祷着
　　　　　保佑着
一朝伊始的沸腾
归去来兮的身影
疲惫中幸福的面容

乘飞机阅尽人间春色
还可以检阅
五大洲杰出的物质文明
条条高速手牵手
保卫平安
举起一双双手臂
一片片森林就会形成

不要让红灯的闪动
惊恐城市善良的眼睛
不要让警笛的鸣叫
撕扯每一颗平静的心灵
不要让无助的哀嚎
在母亲安稳的睡榻抖动……
新世纪拒绝骚乱

只要人人都安分守己地享受太平
世界就不会遭遇警笛长鸣

地球人都伸出一双手来吧
铺一条世纪大道
就会握住祥和的黎明
托起黄昏的笑容

城市麻雀

城市麻雀颜色黑黑

或许刚从高高的烟囱上飞来
或许刚在有臭氧的街道上浸过
城市的污浊都写在它的身上

城市麻雀骨瘦如柴
三三两两地在一起
还有很多孤孤单单
在捡食饭店门口被践踏过的东西
在捡食人类的痰和许多肮脏的东西
城市麻雀在食城市垃圾

城市麻雀多么羡慕那些笼子里的鸟啊!
它们为锦衣玉食卖唱

城市麻雀不再恐惧什么
就是人的脚步来到眼前
它们也不会作秀般地飞走
城市麻雀十分饥饿

睁着混浊的眼睛
凶残地向人类讨食

它们想飞出城市
飞回故乡
但它们实在没有力气
飞过布满障碍的天空
它们实在没有力气
辨清故园的方向

故园在哪里？
为了饥饿地活着
城市麻雀要熬到哪一天呢？

就在城市的边缘
有一群麻雀叽叽喳喳地
从野草丛里欢快地飞起
谁也不招惹它们
它们吃饱了就想在
自由的天空里玩儿
在洁净的天空里练习骄傲地飞翔
城市麻雀飞到这里来吧！

就在故乡的广阔的田野里
麻雀们肆无忌惮地翻飞着
从历史的深处有恃无恐地

吞食属于原野的食物
在温暖的草檐下有它们的家

叽叽喳喳的叫声
装满故乡的角角落落
叽叽喳喳的叫声
让城市给撕碎了
就像撕碎了乡村的犬吠和鸡鸣

城市麻雀在城市的肮脏里
就剩下 口气了
飞不出城市的污浊
城市麻雀就剩下三两只了
在残喘

少女的心

站在年龄的前面
晾晒着
活蹦乱跳的青春

总是
走在春天之前
荡漾着
夏天的热情

总是
不肯走进冬天的门槛
唯恐
把鲜活的腰身冻硬

少女的心
是城市俊美的诗
是落入尘埃的细雨

少女的心
总是让人纯净

种　子

昨天，痛苦
孕育
一枚饱满的种子

被埋在土里
故乡的黑土啊
养育了你的
强壮

一座挺拔的山
对河说
我听惯了你的歌

一条清澈的河
对山说
我习惯了你的温床

山不孤独
水不寂寞

一个
破土而出的早晨
阳光
透染着水的灵秀
洋溢着山的豪迈

在一朵花之前
对春日梳妆
在花落之后
望夏阳结果

记 梦

举着星星
走进默默的夜空
想象
肆无忌惮
龇牙咧嘴的山峰
是牛鬼蛇神的倒影
吸血虫在青苔上
搜寻着发霉的历史
呼吸着赖以生存的氧气
山风萧萧
列列骑士
剑戟如林
厮杀
呐喊
金钱豹闪电般飞来
要取下鹿的喉咙

拼命喊
救命……

闪闪的星光
挡住了远望的眼睛
在一片刺眼的光明里
宣布
唯我独尊
被无数支利箭穿透
了无血痕

假 如

每天
你从那边来
我到那边去
自行车如流
白毛衣刺眼
墨染的秀发洒在上面
那是人像布上的少女吗?

每天
你看我一眼
正赶上我看你一眼
你在路那边
我在路这边
睫毛上落满了朝霞
眸子里飞起了光环

有一天
假如
命运给一次交谈
友谊的纽带会扯在我们之间?

有一天
假如
我们的自行车飞向一个终点
爱情的火焰会烧在我们之间?

有一天
假如
你的铃声在画布上消失
我会不会为你感叹?

再见的手不要举起

抛下了各自的土地
我们到这陌生的地方相聚
为了什么呢？
淡淡的烟雾从手指间流出
飘向远方，远方
没有影迹

烈日太浓，浓得人
伸不进头和脚
一天一天啃着一页页寂寞
透不过大道通天的气息
汗涔涔只争朝夕
功名总在暗夜里

归乡的日程浸透了一层一层汗水
也擦干了滴滴热泪
如果日历有灵我就一下子
撕到那个日期
奔命的白天什么都忘记
思念的夜晚把星星镶进眼里

安眠药一片儿一片儿
一片一片可爱的云朵
在童年的天空自由自在地飘逸

终于，太阳在黑暗里露出了微笑
心空里抹了一层朝霞
在这陌生的浓荫下
我们举起了一个情意浓浓的早晨
举起这块热诚的土地
干杯吧！
喝翻了整个天空
万物为我们狂喜

眼泪伴着无限的伤感流进嘴里
这离别的滋味太难品尝
哭喊一个个熟透了的名字
拥抱着一个个真诚的朋友
站台抽搭着，列车哭泣着
没有着落的心呼唤
再见的手不要举起

旅　途

呼唤你到我孤寂的身边来
带着你凉爽的极地风来
燥热的心几经窒息的磨难
残喘的希望没有空余的光环

呼唤你到我破旧又高尚的房中来
带着你遥远的安慰来
无边的恐怖被阻断
烧焦的目光射落断烛射落残阳

呼唤你到我杂乱的工作间来
带着你亲切的关怀来
频繁地举起你肥硕的手掌
重重地把美好的友情拍下来

呼唤你到我落魄的心上来
带着你无穷的力量来
拨开笨拙的束缚
让我的手肆无忌惮地伸向未来

我和你

分别的时候
数着吵翻的日子
我很想你

相聚的时候
填补着空白日子
你很爱我

我们太满足
非得吵出个缺口
那不满的月亮才有奔头

你来了

你来了
夏天的火都烤焦了
窗前丰润的水仙花
你总算来了

多亏门外有那么多
多余的脚步
多亏那块祥云没有降下多情的雨帘
否则,唉!
可惜了窗前那盆丰润的水仙花!

你要是不揣那么多的
人的算盘来多好
要是我没有人的算盘多好

你的尊严和你的算盘一样
被我无情地摔破

我为什么还会一口气飞上最高的楼层
去看你怒气冲冲

潇潇洒洒地消失在人群中

我的泪珠一颗一颗地
淹没了你的算盘珠

怕

有了女人就怕那一汪泪水
打湿我们的热恋

有了孩子
女人就怕那一串泪水
冷落家的温暖

到夜晚真怕鼾声惊动满天闪闪的泪滴
掉下来淹没了人间

力　量

把坚硬留给学者
把沉重交给诗人
做寒夜点灯的人
增加一丝温暖，在
黎明之前，照亮别人

把翅膀让给青春
让平凡肩负使命
做坚守生命的人
留下最后一口气，给
尊严

把财富分给贫困
让强者肩负劳顿
做一个拥有时间的人
剩下最后一秒，留给
坚强

相思树

纵使带露的睫毛垂泪的花朵
是眼前真实的美丽
是千种无言的祈盼
你丰润如夏也没有芒刺
可我的怀抱确是潘多拉的匣子
宁让你的目光把男子汉射成纸鸢
也不能放走无穷的灾难

当相识填满寂寞的大树
我们的根就连在了一起
无意培土却培了很多土
有意分离却怎么也分不离
直到雷声压弯触天的树枝
你的泪水洗凉多情的天空

不，我的血是热的
没有变凉更不会凝固
相识不是一种错
相别到底为什么
干即使分离
根还在相握

无 题

炕虽然短
我不愿勾着脚睡眠
我害怕
佝偻地做梦

我在期待
有一天
我的斗室不仅仅能盛下脚和教案

我的心愿

我的心愿
在雨后洗过的天地之间
期待清风
听到鸟鸣婉转
看到彩虹弯弯
那一枚太阳
会召唤花蕾,绽放
我的心愿

响亮的名字

每一次浪潮
每一个波谷
都会推出一个响亮的名字

那些平凡的人
在热恋的泥土里播种了许多平凡的壮举
不傲视小草
也不仰视大树
洒毕生汗水浇灌生命之树
大地就会长出茁壮的幸福
即使热血浸透花朵
也是对春天无私的付出

每一场寒潮冰雪
每一阵暴雨雷鸣
都会屹立起一个响亮的名字

唐代自然木乃伊

或许
生时你正在平凡地受难
无边的沙漠长满了凶残的口
惊恐的表情
凝固在你的面部
伸向故乡
你终于没能走出死亡

在现在
还叫作塔克拉玛干的地方
你成了一部历史
历史不属于你个人
千秋万代都会陪你
走入你的社会
都会陪你走回故乡

屈原祭

一声叹息
战国的兵车呼啸而过
楚地苍茫，流放
一个贵族的尊严

诗歌合唱的舞台
传来豪放不羁的独吟
浴兰汤　披华彩　驱龙驾
天地滋养神韵

一声嘶鸣
母马生于战场
诗人泪湿了江南　亡命硝烟之外
独雄的狼咬死了一个时代
乱世唱国殇
魂魄归故乡

泪珠砸碎山河
路漫漫野茫茫报国在何方
乘赤豹扯桂旗披石兰望断天涯不见月

何日长剑舞
登高拥艾香

挥一把泪水
沅江湘江哭痛大楚
江南的桥扛得起三户灭秦的誓言
走不过三闾庙两千年的幽怨

烟波如纱铺洞庭前路渺茫
登高问天去留两苍凉
哀民生伤离别披荆棘上下求索
极目千里路
弯弓射天狼

凛然一身丹桂
高洁难道是为官永远的伤
憋闷一腔诗愤
无邪是千秋万世的骚人绝唱

诗人之重重不过江边的一块石头
以流放高官和诗人之名抱起它
那是端午的一枚粽子
那是历史的一声叹息
砸进汩汩流淌的汨罗江
那是一粒诗的种子
播进了汩汩流淌的汨罗江

江岸上热烈欢呼的兰桂、薜荔、芙蓉、艾草……
冲进五月，五月就生长出一个诗的节日
一个诗的王国
那是从战国送来的一份厚礼

节日　头上插着香草站在高山上
开场诗歌聚会
然后唱着诗歌走下山冈
划着龙舟去热闹的端午
屈原在有江的地方
《离骚》在太阳之上
《九歌》在月亮之上
艾草和粽子八方留香
五月满载一船诗歌
流向远方

岁月留痕（二首）

我和茶

烛火再次烧热
茶香
袅袅
大大小小的日子
悬挂在盖顶

透明的人生
该有多美好

绿茶的香气
靠嗅觉
才能透到肺的
深处
一团老气在冬月里
徘徊
壶里的春天
呼之欲出

一口气的距离
跌撞的岁月

几个跟斗
十万八千里
绿色淡了
流逝的青春
糊了

你和书

掩埋的青春
跳出来
回报凝视的
光明
正照亮黑暗的追求

锋利的声音
荡回来
皱纹飞红间裹挟着
一丝笑意

字里行间铺满
一张张犁
走过
深耕细作的春天

谱成五线
百鸟鸣唱的旋律
绿了大地

最后，弓成
一张犁
向韶华致敬的样子
沉默在
尘封的柜子里

第三辑

怀旧的心思

那从老家刮来的风里裹着冰霜
一到寒冬我就想雪原的苍茫

日 子
——写在女儿成家的日子

日子就是门前的那条小河
雨季水多
旱季水少
也有断流的枯竭
人们就在高冈处
挖个大坑放个水闸
这是水的银行
这小河呀
没水的季节
也会有涓涓流淌的风景

日子就是你奶奶
拖着摔断又接上的一条残腿
在春天伸手不见五指的沙尘暴里
一手握着钉耙
另一只手的五指伸进土里
爬行在黑土地上
寻找那经过风霜
遭过冰雪严寒的高贵的土豆

就是那黑色的土地黑色的土豆
还有你黑色的奶奶
养育了你如山的父亲
才有些许的财富写进家族的荣耀

你那沙尘里爬行的奶奶呀
永远是我们家的一盏明灯

日子就是你爷爷躲在月夜里
听玉米咔吧咔吧拔节的声音
那是你爷爷一生百听不厌的音乐
你爷爷总是爱抚摸你的羊角辫说
这多像玉米缨子呀

你还在成长的年龄
你爷爷就给你讲了含苞待放的故事

你爷爷最爱看的花是土豆花
那坡上坡下一望无际
五颜六色的土豆花呀
你爷爷坐在地头上一看
就像下大雪的寒冬里喝了一壶温热的烧酒一样
一看就陶醉了

那平常淡雅的土豆花呀
作为家花永远照耀我们平常的日子

日子就是你平常的母亲
在东北老家的时候
你童年的季节里
有过阳光阴雨还有寒冷冰锁大地
你母亲的高大在夏天的日出前在冬天的寒星里
是我们家黎明前的一盏明灯
悬挂在你小学的记忆中
也悬挂在你父亲的心里
在经常打扫的老了的日子里
闪耀

牛奶面包火腿肠还有鸡蛋小米粥
你吃饭的吸溜声和你妈妈的叮咛声
是你爸爸一生最美妙的音乐
还有你妈妈衔在嘴里的木梳
忙在你头上的十指
梳理你天真爱美的童年
每一个编织的日子都有编不完的慈爱
编进了多少唠叨多少辛劳多少幸福
直到把你编进了中学大学
如今把你编进了新婚的日子里

你妈那双爱编织的手哇
连你未来的梦也给编织了

日子就是你爸爸平庸的脸
和俗气的身材
可你爸爸说
一个人的平庸是可怕的
不可怕的是平庸着并幸福着
正如一个家庭俗气的日子并不可怕
可怕的是找不到和谐与快乐

你刚刚搭建日子
你爸爸就给你讲了日子的哲学

日子就在你爸爸妈妈
凝视你成长的目光里
就在电话那边没完没了的唠叨里
你每一次成长
牵动了父母多少心
多少心动在那悠长悠长的电话里

再傲人的成长也会淹没在日子里
再善飞的翅膀也要智慧领航

怀旧的心思

那来自东北的月光里泡着酸菜
我每日都惦记着
吃遍了天下的美味
最不忘的还是童年的滋味
饱经沧桑
最难的滋味最想品尝

那从老家刮来的风里裹着冰霜
一到寒冬我就想雪原的苍茫
梦想撕碎过轻狂
最想的还是年少时的
神采飞扬
最真的情感最易受伤

那从故土里拨出的白发随风飞扬
那些有为的心思折磨着每晚
纯洁的月亮
走不完世间的前途
每一次登途最想的还是等老了早点
走回故乡
最美的风景是回望

那些日子（四首）

一

怀念
把那些日子
张贴起来

五颜六色的期待
把那些日子打扮得
神采飞扬

那些日子
太平常了
平常把舒服晾晒
在太阳下面
笑声懒懒地挂在树梢上
随风荡漾
脚步放进黄昏里
裸着脚跟
晃来晃去
衣架上有尘封的西装

一肩高一肩低

那些日子
会重新印刷的
还可以扫描、复印
传真和 E-mail 也是可以的
听说还可以克隆

欲望外面包着
华丽的永不言弃
人类纷杂的脚步
把那些日子
扔在了身边脑后

二

执着
在黄昏的一座山上
握着一只甜美的果子
羊肠小路崎岖在
童年乡村的毛毛道
跳跃
奔跑
一棵树又一棵树
小树林大树林
一声鸟叫一片鸟鸣

把我引进夜色的幽暗
诱惑
原来如此美丽
恐怖竟让人如此心动

三

那只果子
是青的
肯定酸涩
我把它放在一本
思想很深的书上
它却产生了激情
把它燃烧得
透红透红的
惊叹的目光
和夸张的赞美
使它羞红羞红的
吃它的时候
我真舍不得
有人劝
我就把它吃了
我是流着泪吃的

吃了它
谁来展示美丽呢

四

狮子山的天空
写满了美丽
还有男的和女的
把假日的茶杯
塞得满满的
把牌打得一点意思都没有
就去
爬过铁轨
有芙蓉花迎候
有批发的玫瑰
送给假情假意的爱情
狮子山飘满了
女人满足的笑声

恭维
原来如此可贵

男人和女人
只要读透乖巧的书
就会有成群的
人
化作人间的风景

同学的你

岁月无敌,三十年弹指一挥间!
话说 1981 年一个秋凉晴朗的日子
一群懵懂青年
黑发如墨挥洒着白色的未来
我们来到大学校园
那个地方曾经叫萌芽
一声萌芽
无数个故事从这里嘎巴嘎巴地生长
夏夜里秉烛苦读
寒冬里起早练拳
偷过食堂的白菜和大葱做泡菜
还偷偷地把求爱的纸条
夹在还你的书里
我们亲手栽在校园里的一排排松树
如今已华盖参天庇荫福地
笑问白发何处来
红颜一跃三十年

1982 年五一节的那场大雪呀
还在我们心头覆盖着

很温暖很温暖的一场场梦……
三十年同窗的你在哪儿呢?
访遍了江南的小桥流水
追问兴安岭晴空里的云朵
你猫到哪个旮旯里啦?
就是那个谁呀
好像叫天下第一猛男来着
一缸子烈酒灌下去
站在嫩江码头上对那流水对那苍天吼一声:
归来兮!同学的你!
我那半百的白发三十年四千丈魂牵梦绕的思念情愁
难以割舍不能忘怀的仍是那或尘土飞扬或泥泞不堪
的小城的故事
还有"忠诚党的教育事业"钢铸红字后面的红砖二层
楼里的
那截还没有燃尽的小蜡烛……
在等着我呢!

掬一把浑浊的老泪
从三峡过来的长江水
让我血脉澎湃
用三十年积攒的苍老乡音呼唤——
同学的你同班的你同桌的你!

我不会嫌弃你灰白的头发
因为你的美丽在我的青春里

我不会在意你令人高山仰止
当年你在我身边擤过不干不净的鼻涕
不要说你失意或不如意
人生只有在意和不在意
无论你在咫尺奔波忙碌
还是游走海外时光惬意
可能你还放不下怀抱里的亲情
还有公家的一个大事儿等你拍定
你都不会忘记吧？
三十年前校园里的那一排已经手牵手的松树
在我们的四季里绿着……

他们在请你来相认
同学的你

故 事（五首）

一

为了抚慰你浮躁的心灵
为了应合你多情的年龄
我们约了云朵去攀登
你喜欢飘舞的蒲公英
我钟情刮过的风
天阴了
你像一只小船
需要宁静的港湾
我只能给你一把小伞
和你撑出无雨的天空
撑一个平淡的故事
让花去听
让草去听

二

你的脚步在我心头
一千次敲响

一千次开门
一千次撞击
爱情的脚步
叮咚叮咚

天和地在织雨
你的纤指
在织一个故事
如雨的纤指
抚摩潮湿的往事

雨中的松树林
玉盖如青春坚硬的头发
如伞
在无雨的世界
听
哗哗哗
　哗哗哗

三

绿色的风
蛊惑的天空
成群的雨
没有终结的墙
躲进雨滴

眉清目秀的女生
是石膏的
在无休止地读书
无灵魂者无惧
瞬间
一座美女峰
指向生命
压低生命

四

残酷的七月
蒸腾着送行的脚步
沉重压弯了身躯
压弯了送行的心情

汽笛涂抹
伤别的泪
淋湿站台
一个雨季谱写
千古伤别离

归期
来自候鸟的计算
太阳
晒干距离

守候
鸟儿话语

五

相思草繁茂成浓密的胡须
思恋花被风抽干露珠
焦躁的唇在夜风里
寂寞地期待
假如我是草依在你花的芳香里
假如你是花拥在我草的锦簇里
假如天空湛蓝湛蓝
可铁轨在冷夜里
闪着温暖的火光
真想穿过无穷的枕木
我们相握

沿途的街灯太多太复杂
我们胆战心惊
连一声我爱你都没喊出
更不用说把甜蜜的梦温存的思绪袒露

单身贵族

单身贵族的田地里
总是有浓密的庄稼
一望无际
希望无际

也有
不规则的草
在美丽的庄稼旁
任性洒脱地生长

阳光
把刚吐缨子的玉米
吻个透心的舒坦

走过烈日
高粱熟透红满天
走过风雨
玉米更加挺拔

有一个姑娘

袅袅婷婷　用纤纤细手
握一把弯月镰刀
在一个月圆的夜晚
轻轻地，只是一下
一株红透脸膛的高粱
就倒在了
怀里

有一个小伙儿
哗哩哗啦用粗粗壮壮的手
在一个有露水的早晨
选了一棵缨红秆嫩的玉米
只听一声清脆的"咔嚓"
整个早晨就布满了
甜蜜的爱情语言

想你的日子

想你的日子我就去问云朵
你为什么能自由飘浮？

你的淡淡哀伤藏进秋日细细的雨帘
转眼日子被烧成北山的红叶
我傲骨参天却日渐凋零
那以后秋天越来越远了
我却没有走出想你的日子

想你的日子我就去问白鸽
你为什么要归巢不去野游
带去我遥远的问候？

你的天空很高很远
鸽子的翅膀很坚硬却让心血染红了云朵
你就这样飘走了
留下了高高的天空和渺小的我

想你的日子就去看溪流
你的笑声清澈而透明应和着婉转的鸟鸣
你美丽的欢快被夕阳剪成梦幻被夜晚咬碎

无形的恐怖吞没了愉快的脚步

你馨香的气息和花草的滋味灌满了五脏六腑
夜色从来没有这么好
我却永远没有走出这么好的夜晚

想你的日子就去读那尊汉白玉的少女
手捧一本书的汉白玉少女
你静默的书永远打开在我面前

你就这样捧着永远的安慰，端坐在我的生命里
那头油黑的短发下露出一段雪白的脖颈
两簇睫毛呼应着自己的泉水和迷人的芳草地
你像月亮一样圆圆的，挂在我的天空
想你的日子我的天空杂乱又不安

想你的日子我就去问梦
我的愿望如梦般把你拉起
你为什么学那云朵在我的眼前飘来飘去
天空就这样被风剪走了云朵
那深远的蔚蓝单调又孤单

冬天就这样掠夺了大地
包裹在每一个家庭的幸福温暖
梦在雪原上绽放
想你的日子就这样诗意地徘徊

早点回家

别跑太远
早点回家
从门口从窗口从菜园
母亲匆忙地扔出对我童年的呼唤

想着我
早点回家
在站台在码头在机场
妻子挥舞着期盼

注意身体
早点回家
在 E-mail 里在电话那端
女儿把关心和爱绕得缠缠绵绵

后来呀
我把故乡远远地扔在了那边
扯也扯不断的是
母亲天南地北的呼唤

到如今
扯也扯不断母亲坟头上
秋风中
枯黄的期盼

早点回家
回家吃饭
买好吃的回来
带化妆品回来
带着孩子的孝心
带着丈夫的温暖
带着父亲的笑脸
早点回家

假小子

是哪一天爸爸开始叫你一声大儿子的
那以后就有人管你叫假小子啦
那以后就人人叫你假小子啦

假小子的羊角辫自在地指向天空
吸收着你在和真小子摔跤时和真小子
赛跑时和真小子疯疯张张时
溅起的尘土
人们就说你真是个假小子

假小子和羊倌爷爷好
可有一天羊倌爷爷的一只山羊被她割了胡子
割了胡子倒不算什么
羊倌爷爷将着胡子说：这假小子！
可又有一天羊倌爷爷的一头大公羊
被假小子骑断了腰
羊倌爷爷真的告发了你

爸爸说卖给我吃肉算了
爸爸还拍着假小子的头说

真是大儿子
妈妈开始唉声叹气啦
开始忧虑假小子会不会是一个嫁不出去的姑娘

假小子掏屋檐摔伤了,十多天才好
假小子站起来又到河里去捉泥鳅
假小子的泥鳅篓被带到了课堂
假小子挨批评就把活麻雀装进老师的皮包里
然后拉上拉锁该咋玩咋玩

假小子读完小学读中学
爸爸给假小子买了一台崭新的飞鸽
假小子喜欢飞鸽,假小子喜欢用飞鸽驮着真小子
有人说像老鹰拖着个野兔子
假小子喜欢自己是老鹰,喜欢老鹰在天空
自由自在地飞翔

假小子疯疯张张时把上衣纽扣弄丢了
弄丢了纽扣假小子没有在意
索性敞开怀索性洒脱地走
当凶猛的老鹰惹怒了凶猛的山风在她胸前抓来
抓去时
抓来抓去抓出假小子许多害羞和烦恼

那以后假小子把小辫子规矩地贴在了脖子后
那以后假小子穿中山装干干净净不戴帽子啦

也围一条鲜艳的围巾
那以后假小子和真小子在一起羞羞答答
那以后假小子总和女同学在一起
就是有点躲躲闪闪
妈妈说日子长了就习惯了，日子长了就习惯了
妈妈的嘴抿成了一条笑不断的直线

人们都说你是一个好漂亮的姑娘
人们都说你是一个听话的姑娘
人们都说你是一个有出息的姑娘
那以后爸爸认真地叫你大姑娘啦
那以后故乡的土地
就真的哺育出一个大姑娘了

那时候　　这时候
——我对少年说

那时候金光灿烂的谎言
廉价地骗买了纯金的这时候
那时候天空飘满誓言被无形的风驱使
给有形的世界制造灾难
那时候无数的道路无路的路标纵横交错楚河汉界
就连书桌上也刻下分毫不差的界河
那时候眼睛爬满纸糊的墙壁
看不见黄昏的落红
看不见夜晚的星月
看不见明天的朝阳

这时候自由的风舒展着自由的风筝
穿过没有遮拦的天空和原野
这时候岁月已从墙角长出花朵
满身冰凌的山峰正有炽热的翅膀飞过
这时候数字化太让人眼花缭乱
高速路的上空有飞机驾着白云朵朵
这时候有自行车有摩托车被遗弃
有汽车的坟场在荒草里破败
这时候我对少年说

少年的眼睛在手机屏幕上说，你不要说
你不懂游戏和Wi-Fi的快乐

这时候的女儿是灿烂的朝阳
我愿在夕光里微笑
那时候我微笑地坐在少年中间
父亲慈爱的微笑慈爱得像圣母的画像
那时候我的心地被春天的阳光抚过
也热情地向往成熟的季节

为了永远让那时候悲哀
悲哀得死去活来
我想为这时候多慈爱地做爸爸的事业
女儿的这时候一定会让那时候悲哀
悲哀得还要死去活来
那时候我在夕光里对朝阳说
日子太红火了
红火得让我有了无穷无尽的悲哀和幸福

碰撞新年

掬一把黄土撒进江南
剪一束春光铺进校园
让甬江的水来浇灌
我们的心头就会升起一个期盼
叫新年

要穿新衣裳了
要吃好东西了
要享受浓浓的亲情了
只要放飞心情
人人都会过一个有滋有味的年

善后工作处理好了吗
期末考试准备好了吗
回家的行囊打点了吗
只要带一张满意的答卷
老人的心就会阳光灿烂

叮叮咚咚地来了
五彩缤纷地来了

欢天喜地地来了
只要和新年碰撞
脸上的倦容就会舒展

从大海那边款款走来
走进千家万户的期盼
走进万家灯火的团圆
只要祥和的钟声响起
我们就会和祝福碰撞
走进这古老的门槛

又是端阳

青枝日又高
嫩叶新绽放
绿水人家
天南地北尽染芳华
兄弟你我心旌摇荡
好一个五月端阳

又是端阳
谁让蒿香润肺
让故乡的葫芦垂挂家檐随风飘荡
又是端阳
同学你我登高远望
乡情随那踏青的脚步
随那季节拔高的思念
日夜生长

三根头发

书打开了一扇门
灵魂走了进去
时间追着眸子
跋涉在条条框框间
在上午、下午、晚上
收藏了三根头发
黑、黄、白
正演绎着人生的色彩
不等闲也白了头
行间字里正诠释生命的喟叹

青春是一根黑色的头发
在上午的故事里随风
飘扬春柳般的傲慢
标点在句子间跳荡
段落如起伏的山峦
摆渡浩荡的年华

一根黄头发被刺眼的阳光
挂在秋凉的翅膀上

一头牛正在收割平原上的庄稼
夕阳把它有滋有味地咀嚼
刻录在电子光盘里
跳进眼眸的萤火
查找下一个收获的季节
皱纹拧成思想
失眠的秋风
长出一根白发
凝成了结冰的文字

一枚叶签

整理书橱
整理发黄的往事
那本蒙尘的书
滑落一枚叶签
绿色和青春跌在眼前
鲜活的血肉不在
枯瘦的筋骨分明

"祝文学之树常青"
字迹泛着灵光
H 同学形同枯叶
咳声还在叶脉间飘荡
夜读爬上枝杈
血脉激越
滋养叶片的鲜亮
带血的声音
沉重地跌进季节里

把日子斩断在绿色里
浓缩成一枚叶签

筋骨毕现

音容毕现

从尘垢里闪出微弱的光点

照亮生命的四季

第四辑

一路走过

汽笛打磨的河水
总是把月光
搅拌得醉意朦胧

沉闷的捣衣声
把藤椅上的乘凉人敲打得汗流浃背
湿漉漉的是江南的妩媚

江　南（六首）

一

在江南衣袖里
抖落一江秀美

风景总是
扭着腰肢
款款走来

汽笛打磨的河水
总是把月光
搅拌得醉意朦胧

二

把着江南的小酒盅
怎么也品不尽
矜持和谦恭
岸柳被江风拂着
却怎么也托不起

一袭柔弱

三

细细的
一条一条的
小手指
从江南雨中
伸过来

抚摸着
尘世的烦躁
抚摸着
江南的额头
扁平又狭窄
写满了江南的精细

四

从项羽的战袍上
揩一缕尘土
就能长出江南的
悲壮
从西子的玉容上
抽一丝妩媚
就种出了遍地

柔情

江南的石头上
长满了美丽的青苔

五

一代帝王捆不住
的性情
还在滔滔滚滚

一代帝王一声
江南好
桨声灯影和泪流过
多少悲欢离合

过也是功
功也是过

运河
是载不动的史册

六

把江南的风景
都插上翅膀

怎么也飞不出角落

江南的秀美
躲在角角落落里
一不小心就会
撞落
陌生的羞涩

夏天的联想

夏天是江南的桑拿浴
廉价的汗水流淌在街头巷尾
浸泡了多少花枝招展的年华呀
就连河边洗刷的少妇
也把美丽潜伏在了夜色里
沉闷的捣衣声
把藤椅上的乘凉人敲打得汗流浃背
湿漉漉的是江南的妩媚

潮湿的心
蒸熟梅子的雨
杨梅树摇曳多姿多彩的故事
不再望梅止渴
总有酸楚的故事
装满雨季

夏天来江南的时候
暑假也来了
不用教书了
就坐在有空调的屋里看电视、上网

还要做课题写论文
还要监督女儿去图书馆
夏天真的很炎热

暑假到来的时候
我的故乡在北方
那广阔的绿地骏马可以驰骋
想象也可以驰骋
很多梦在童年就种下了
却没有诗意灌溉
梦就干巴巴的
要收获梦的时候
北方的天空很辽阔
夏天被堵进办公室的时候
一本专著在收尾了
还要修改加工
宋丽煮面、打饭、熬粥
本科生宋丽勤工俭学的宋丽
帮你追赶着嗖嗖的夏天
想象热得烫手
眼皮硬硬的了
想象热弯了

夏天的想象是抄下来的
夏天是连绵不断的知了声
夏天是胡同口老树下的象棋

尽管汗水从棋者头上吧嗒
吧嗒地掉在夏天里
夏天还是没有蒸发掉人们的快乐
夏天是路边的冰棒
是美女们花样翻新的花折伞
那年夏天躺在床上
没完没了地看电视、读小说、睡大觉
饿了老婆就把饭端到床头
老婆说你是一头猪
过猪一样的日子真滋润
猪的想象丰富起来
猪牛的夏天充满想象

秋天的散步

诗
把那爽风
吹进清澈的河水里
诗踩着老牛的脚步
和黄昏时老婆的歌声

驻足小桥上
看那老牛和秋光一起徜徉
那是一种心情
老牛说还是一种态度
老婆的笑和秋光一起徜徉
老牛觉着笑得跟河水一样有诗意
像回到了年轻谈恋爱的时光

一片秋叶飘落
风送过来了
老婆柔手一挽
就是一个季节
老牛说
老婆,诗就是你

老婆的脚步轻快得很
老牛说诗也跳不过你

飞起来的才是诗
秋天的天
真是个能让人飞起来的天
老牛说：黄昏啦！
脚步梳理着秋风
一抹残阳把倒影
拉进河水里
回走在自己的影子里
很长的路啊
诗的秋天耐读得很哪

八月桂花香

桂花树排起
整齐的队伍
站在石板
铺成的路两旁

噢,这么年轻
系红领巾的年龄
头上插满了洁白的花朵
很雅很雅的那种

它们在交头接耳
要赶在蜂拥而来之前
去参加国庆大典
排着队的芬芳
从我身边走过
在城市的腹地四溢

一米阳光

充足的阳光
有时显得太奢侈
把窗帘遮上
一米阳光
足足地把房间照亮
一个精巧的花盆里
长一撮芦荟
把它搬到了
一米阳光里
那时一个月不浇水
它也自在地活着

一盆文竹
这么雅的一盆植物
是一盆诗
让对门的老张
给遗忘了
就在它垂死挣扎时
老牛把枯枝败叶全剪掉了
在一米阳光里

它活得伸枝吐叶
还有一盆文竹
是本科生宋丽买的
老牛把那些疯长的东西
全剪掉了
它就出落得层层叠叠
还有一株仙人球
顶着一团黄色的带刺的圆状物
带刺的美丽

诗的品位在花海里
充当个异类
老牛总是站在一米阳光里
和植物一起被阳光照耀

九莲灯

倚在栅栏边展示着浓艳的青春
这原是一蓬蒿草样的东西吗？
你的名字在吃惊的询问中生了根
颀长的身影淹没在粉白色的花雾中
淹没了灰色的记忆

你是那么挺拔
挺拔在所有的名流之巅
又是那么软弱
软弱得在风雨中飘摇
坚定的根不属于你

你又是那么丰润
丰润得连牡丹都向你低头效颦
你的心千疮百孔却强颜装欢
黑蚂蚁在你的身前身后拾掇着遗落的欢笑
蜘蛛借你的身躯编织着一幕幕骗局

蜜蜂和蝴蝶往来于安乐的巢穴
倾听你廉价的歌声

夕阳里你疲惫地倾诉着抑郁和哀伤
晨光中脸庞的泪珠
点缀着来自心底的美丽
就要告别了
你清香的花朵
合唱秋怨之歌

没有温室的前途
没有褒扬的抚摸
下一个生命的季节还会放出光泽？

今日阳光灿烂

拉开窗帘,打开闸门
阳光洪水一样汹涌而来

动员全家迅速起床
不要刷牙不要美眉
阳光来了,是春天的阳光来了

打开所有的窗子
让阳光不带遮掩地进来
打开所有的柜门
连库房也要统统打开
让春天光顾角角落落
还有被褥冬衣还有……
把积攒一冬的腐朽统统搬出去
到太阳下面,什么东西都会曝晒得真实

好!今天是个享受阳光的日子
今天是双休日
让所有的东西都与阳光亲近
然后,洗把脸刷刷牙再美美眉

让车把我们也拉到阳光下春天里

看哪些鲜嫩辉映着孩子的快乐
看哪些花蕾绷紧怒放的笑脸
梅花的瓣漾在清澈的河水上
弯弯的河岸拥着洗涤的村妇

小狗蓓蓓也匆忙地抢在前面
抢在春天里
它有一个含苞待放的名字
它按捺不住地欢蹦乱跳
在那铺满芳华的草地上

阳光下，那么多幸福的人
钓鱼野炊洗车恋爱……
园林工人在草地的边缘喷洒农药
阻挡那些复苏的害虫破坏春天的健康
鞋子重了裤子沉了衣服厚了……
解开扣子脱掉外衣
羊绒衫也脱下
敞开胸怀拥抱春天
铺上毡子摆上食物摆上心情
打开酒瓶斟满春光斟满祝福
为了今日阳光灿烂

请阳光进来

太阳出来了
把所有的门都打开
包括心门脑门也打开
把阳光请进来

阳光太拥挤
把所有的窗子都打开
包括心灵的窗子
因为眼睛是心灵的窗
也要打开
把阳光请进来

阳光会把那些腐败拿走的
尤其是藏在包裹里的
角落里的甚至是夹在书里
躲在花盆里的……
身上的腐败也有一些的
那就委屈一下
亲自到阳光下晒一晒吧

走在阳光里

走在阳光里
昨天前天什么事也没做
明天后天也不用做什么事
就走在阳光里
晒一晒心情

吃过午饭,我就到
林间的路上走了一走
那些年轻的树夹道拥着
我慢慢升起来的骄傲
我的关节舒展成树上的
枝杈和叶片
我的笑容和阳光一起在叶子上绽放
下午三点多光景,就骑着电驴子到公园里去
风梳理着头发擦洗着脸和身体
阳光捧着一团和气在目光里
一切都是光鲜亮丽

走在阳光里,无所作为的心情
在那阳光下的草原上放逐

鲜绿的快乐
在日子的嘴里悠闲地咀嚼

养花的心情

播撒花种播撒期盼
养育花朵养育心情
有无数成长的故事在花盆里
唤起心中美妙的感动
在有为的疲劳间
总有无为的惊喜

生命在不经意间穿透心灵
一点绿光拱出一片黎明
两瓣绿叶两根纤指撑起沉重的生命
终于,绿蔓伸出了盆缘
那是淘气的宝宝寻衅滋事的骚乱
只要是绿意使者能令春意盎然
我就给他一个随性的童年

那绿意缤纷中有了曙光的斑点
是起点向终点的呐喊
花骨朵是我用光阴积攒的财产
吐苞绽蕊那是对美丽的期盼
心躲在叶片里

城市的喧闹就不会扩散

淡淡远去，守望一盆四季
变幻的宁静
了然生命来来去去搜寻淡定超然
培育花朵培养成长培育宁静
培育心情……

横溪水库

拦一条坝
就拦下了奔腾的信念
走出去的愿望
囚禁在此

蓄一池有山有水的风景
名叫水库
字曰人工湖
横溪水库
拦下了一条溪流
就能拦住
滚滚而来的愿望吗?

它山堰

它山堰是关于水利的智慧
用汗水浸了一千多年的石头
每一块都是一个长满嘴巴的故事

垒过大唐砌过两宋修过元明清
悬挂一页页厚重的历史
拧成两岸肌腱结实的手臂
是从大唐那十个男人伸过来的
力量还有勤劳刚强
更有帅气,向山上招招手
就有村姑样清纯的泉水
羞答答地走了下来
把那一溪澄澈揽在了臂弯里

白鹭和鸥鸟来了
流浪的男人还有女人住了下来
炊烟蘸着云雾为这个堰绘了个传世的风景
图中浣纱的浪笑溅出来把空山荡漾得媚眼迷离

村子有了后来又多了镇子

后来又兴起了城市
人们开始随风八方传颂
从前有个地方在宁波
在宁波的鄞江在鄞江的
它山堰村
堰口有一座庙，庙里有十兄弟
每天都传播着
永世不息的福音

太湖石

多少厚实的手抚摸过你
月朗星稀时回忆，曾经
金戈铁马，惊涛拍崖
如今，涛声终于凝固成——
　　沧桑的记忆
凝固成——
　　风景这边独秀

多少纤巧的手爱抚过你
晨光中梳洗你
阴霾里亲吻你
月明风轻耳语你
终于，日和夜分和秒
塑就风采独秀
天工雕就的你

太湖石，你是
勤奋而成就斐然的学子吗？
从骨里溢出——
水滴石穿
是信心也是激励

院士公园（三首）

一

因为面朝大海
可以对彼岸展开想象
可以对未来大胆设想
也可以回过头来
扎根乡土

宁波的院士塑像被铜铸起来
一片知识的森林
屹立在
目光仰视的高处

智慧的灵光，加持
朝露润泽的小草
导师的尺度，衡量
每时每刻每分每秒
大学园区里的
书声灯影

二

那条河
扭着腰身
款款而来

那条河
以蛇的身形
逶迤而来

如月的小桥
爱的故事
正随那条河
在绿茵间
与青春为伴

四季都有开放的花
衬托大学的季节
花开的容颜
散步的情侣驻足
流水如蛇
逝者如水

三

流水的芳华

如那旧人去
随这新人来

石砌的校园，与
茁壮的树木，绽开
朵朵浪花的
涓涓细流
回到记忆深处
一沓尘封的书信里

上善若水
滋养万物的修行，都聚在
居高不争的铜像林里
所向披靡的豪迈
正谱写着一曲曲
撼人心魄的华章

人在旅途

1962年我出生在
嫩江支流的一条小河边
土坯茅草屋是乡愁筑梦的童话
偎依在母亲的怀抱里
不知不觉的幸福
在缺少阳光的厢房里
悠悠荡荡成幼年里的一株茁壮的小苗

童年坐在一辆牛车上
走村路、田路和地垄沟
牛蹄惊飞的蝴蝶和蚂蚱
还有碾不碎的车前草
在父亲的身后
我就是一株壮壮的野草

撞飞的蒲公英
纷纷扬扬漫天飞舞的诗行
在乡愁的记忆里飘荡

最远的一次旅行是坐着牛车到

5公里外的公社卫生院
为了安慰扎针流出的泪水
一包桃酥
阻止了漫天飞舞的恐惧

1977年骑着一辆破旧的白山牌
自行车到公社中学读高中
晴天走沙石路或走田间土路
曾伴着饥饿时的虚弱上坡
下坡时一路豪歌

雨天里车子骑我
手提着鞋,赤脚在泥水里跋涉
车子坏了就走小路
黑土地漫卷着春播秋收的画卷
漫卷的莽莽白雪展示着冬日的辽阔
一个渺小的我
一个黑色的我
一个奔走的我

1980年的5月,全乡的高中生
挤一辆部队农场的大卡车去50公里
外的县城参加大学初考
在尘土飞扬的沙石路上
青春的脸庞逆风洒脱成
挑战的勇气

这些在动乱年代受伤的翅膀
仍然有倔强的梦想
灰头土脸的卡车,一声咳嗽
都能令归途的羽翼受伤

我第一次坐火车
是大学期间去省城
参加1983年大学生的一次文学聚会
梦想
一个个火柴盒连在一起
我是装在其中的一根
能把原野点亮
能把夜空点亮
我最想点亮的是
妈妈欣慰的笑脸
爸爸望子成龙的目光

以无锡某所大学中层干部的身份
2001年集体坐飞机去看回归后的香港
一片片的白云飘在
身边,腾云驾雾再也不是《西游记》里的幻想
河山在脚下如墙上的地图
人飞得高了,世界就变小了
一片一片的羊群飘在故乡的原野
一只一只的白鹅
在村头的草地上散落

故乡正躲在遥远的角落
眺望云上的
我

宁波梁祝文化公园抒怀

脚步一迈进园区
就有坚贞不渝的翅膀
从古代飞来
驮后世飞来的膜拜
没有浪漫
只是人人都想成为这一对
的一个想象
其实,双双比翼
即便化蝶
也没那么难
难的是终身厮守

一种忠诚
就把这个园子
垒成了文化

走在石头上
铿锵的誓言
溅出一串串火花
灿烂成纷繁的脚步
谁都期待爱情的立场如此坚定

谁又会期待爱情的故事如此悲情

掬起一捧水
水云里有比翼的飞蝶
在年轻的时光里
依偎着，转眼
一双双恋人
漫天翱翔，笑声把
无数美丽的传说
叮咚成桥下的流水

跟在镢头后面的
是一只瓢
一个坑
一瓢水
两只蝴蝶双双飞
菜畦栽下
一行幸福
相守的爱情开花结果后
还有一季又一季的
期待
化成纷飞的蝴蝶

石头垒成的信仰
又有多少每天朝拜的虔诚
能平常到
这样的天长地久

第五辑

长歌吟

50岁晴雨表上写着眼睑老化
这心灵的窗口恐怕再也
经不起风吹雨打

50岁以后（八首）

一

还在50岁的路上
天空就掉下了牙齿
我这颗刚长出来没几年的智齿
像鸡鸣时的星星陨落了
前途老花了眼
光明的太阳歪下了头
戴着眼镜看天空
才能分清是雾是雨还是风

50岁晴雨表上写着眼睑老化
这心灵的窗口恐怕再也
经不起风吹雨打

背后这根坚挺的脊梁
支撑一座老屋的脊梁
支撑家族荣耀的脊梁
突然在伏案做梦的时候
就像列车疾驶时脱轨一样了

医生指点着片子上的白骨
就像专家研究列车脱轨的原因
说，你这一二三四节都突出了

我，腰椎间盘突出了
我的天空支撑不住了

疼痛总是像个尾巴一样挂在身后
席梦思换成了坚硬的木板
一夜回到睡土炕的家乡
必须面对黑夜里白色的天了
睡梦中有了坚挺的梦想
像家乡的白桦林
挺起一片少年的想象

走路时总是想挺直胸膛
最后挺直的是风摆老柳的念想

先是左脚底干裂的
这久旱的大地，冻裂的土壤
总是张开嘴巴
一声一声地呼喊老了老了

这双曾经熏人于千里之外的汗脚
怎么一下子就干枯成戈壁或沙漠
偏方说用醋或中药泡

那些去云南旅游带回的粉末
还是未能治愈和大地铿锵的双足

左脚刚闭了嘴
右脚又在不知不觉中
像闪电撕开天空的一道裂痕
稀稀拉拉漏出血
一走路就好像泥泞了很多
这步伐在50岁里跋涉
总是有落伍的感觉

子曰：五十而知天命
天命就是那深邃的夜空
就是那众星坏绕的北斗星
就是那随季节变换的斗柄
朝霞吐蕊的瞬间
50岁就是那启明星

那就让50岁的当主帅
年轻人做先锋
可，50岁就是那路口的红灯

二

少年时光的太阳
是悠悠的牛车

在乡间路上
数着地上的蚂蚱
数着蝴蝶翅膀上的花纹
数着日出日落月光星辰

青年和中年的时光"天行健"
"地势坤",披星戴月
驱动着风尘仆仆的 "吉普"和"奔驰"
攀山掠地不断攻克

50 岁的时光
是一架老爷车,刚启动时气喘咳嗽
跑着跑着就有牛羊有村庄
有小桥流水的风景
在车身的一抹霞光里
彩照成温馨的时刻

好时光里竟想着
攻克人生的目标了

三

从 50 岁的天空下
走过一位曾经的下乡知青
走过一位曾经是他老婆的下岗女工
在 60 岁的背影里

没工作没房住
孩子上学难大学毕业就业难的夕阳褶皱里
装满了无限忧愁

从日头里拧出的柴米油盐
从月亮里结余的电费水费电话费
都汇集到理财卡上
想过基金试水
不敢插足股市
日积月累一年到头
拿一点红利补养老朽

养老的本钱留给后代的本钱
总是担心红利还没到手
流星就划过了夜空

50岁的人生在太阳升的爬坡岁月
共和国的历史
用独轮车推过
用脚踏车踩过
用牛车马车毛驴车拉过
如今哪
汽车正拉着高速路上的祖国
50岁60岁正拉着高铁线上的祖国

朝日有了创业基金

夕阳有了养老保险

四

盼星星盼月亮
盼童年的节日
过节可以吃上肉
吃上一顿饺子
盼生日的一碗长寿面
盼过年的一身新衣裳……

50 岁的童年有满天的星星
可以想象可以渴望
可以插上翱翔的翅膀

60 岁在朝阳似火的时候
在日挂中天的时候
陶醉在其乐无穷的忘我中
没在意舌尖上那么多学问和幸福
走过 50 岁就匆匆地坐着飞机来了

终于醒悟生活原来有滋味可以品尝
体检报告单上却有那么多预警的箭头朝上
体重预警血糖预警血脂预警……
那些年我们披星戴月一路畅通
没想到 50 岁有这么多红灯

医生说肉食少吃吧戒烟限酒吧
含糖的食物慎食啦
你还爱吃鸡蛋?
没鳞的鱼也不要吃了……

小时候没有吃的
年轻的时候舍不得吃
60 岁有的吃了吃得起了
又不让吃了也吃不下了

50 岁 60 岁就是一根拧巴
的人生结成的疙瘩绳

五

父母在的时候
要挣钱养活爹娘
儿女小的时候
要拼命给孩子做个榜样

50 岁 60 岁肩靠肩数天上的日子
数着月夜凄凉

而我一直认为
那些 50 岁的人

就是远洋的领航

就是天上最亮的星

就是青年的舵手

就是中华的脊梁

六

50 岁的文章缺少风花雪月的故事

60 岁的食物总是小时候

妈妈餐桌上的故乡

那一缕怀旧的阳光

总是牢牢地攥在手上

50 岁的爱是一首歌

少年壮志不言愁

60 岁的爱是一首词

而今识尽愁滋味

落定尘埃好个秋

去晒太阳吧

在太阳里长点骨头

年轻时喜欢往阳光的地方露脸

喜欢春天里野蛮生长的畅想

喜欢放飞笼子里的翅膀

喜欢无拘无束的风

60 岁,前面有阳光

就放慢了脚步

即使干枯的树下
也能找到冬天的阴凉
一根拐棍与两条腿的支撑
撑起 60 岁避风的港

50 岁,喜欢养耐寒的植物
大兴安岭的樟子松四季拥翠
直上云天的梦想
60 岁,喜欢养耐旱的植物
烈日下炙烤里
才有深刻的刚强

60 岁,更需要坚强

60 岁,见不得花朵了
一看到开花就沉浸在怀旧的时光里
那些年在花海里依依不舍
60 岁,才想起窗台上的那盆
总被遗忘的仙人掌

50 岁的早晨牵在一只宠物狗的手里
60 岁的早晨浸在孙子的哭声里
宠物狗牵着 50 岁休闲的人生
孙子的哭声牵着 60 岁退休的人生
徜徉在没有懒觉的小雨里
淅淅沥沥的雨呀

人生的雨呀，真的好期待
50 岁的宠物狗牵在 60 岁的手里
牵在 60 岁的悠闲里

七

50 岁，一步一步向前走着
60 岁，一年一年向前走着
走着走着就有开追悼会的
走着走着就有中风的
死亡的声音从耳孔插入
深入脑子里
60 岁，战战兢兢如履薄冰

50 岁的幸福藏在家里
在唠叨声里
在孩子婚礼的鞭炮炸开的喜悦里
在对抱孙子的期待里
在对退休的热望里
在对事业的爱恋和不得不离开的纠结里
60 岁，对风也说对山也说对水也说
子曰：智者乐水，仁者乐山。
我要与山水同乐
可儿女早都盘算好了你的退休生活
哄孩子买菜做饭收拾屋子接孩子送孩子辅导作业
烦死我了，腻歪死我了，闷死我了

我们正在事业的峰顶，求你们帮帮我
阴天无雨，一阵风过

退休后推着儿女的碾子
每天拉磨

60岁的憧憬在田园风光
在耕地种菜养花
早晨鸡鸣起床
种满园风光
收五颜六色
炒红辣椒绿黄瓜
炖黄土豆紫茄子大白菜
吃小葱拌豆腐

手机留在城里了
电视不看了
写几页关于过去的念想
几声穿透夜空的
狗吠
把瞌睡打落在枕上
几声呼噜使口水
像溪流一样
流淌在无边无际的梦里

老了真好

八

50 岁的天空
有星星的梦想
50 岁的事业正如日在中天上
走过 50 岁的沼泽
就是遇水有桥
遇山有隧道的高速路
那些光环在头上
那些追随的脚步在地上
老人孩子期待的光芒
还有国家命名的栋梁

50 岁真就是茁壮的天阳

要抓拍一个火红的夕阳
眼看着掉进了那边的山梁
抓住了,就会留下一个美丽的梦想
朝阳出生时那些随心所欲的愿望

老　子（七首）

紫气东来

牝马一身戎装
在硝烟中在殷红的鲜血里诞下
一颗带血的太阳
天下蚊争血
白发无奈目眦渗血
走出大周的图书馆
走出连图书馆都不能宁静的地方
走出大周
走出乱世的嘈杂
老子骑牛
悠悠走向函谷关
走向心灵可以悠悠的地方

那个叫尹喜的关长
会玄术的关长
学而有术的关长
站在函谷关之巅
凝聚一团遥远的期盼

太阳的光芒来了
日出的红唇有了
慈祥的眉眼见了
红红的脸盘露出来了
一团紫气在太阳的前面升腾起来
升腾起来
　　升腾起来
　　　　升腾起来
智慧的灵光
悬挂在星空照耀人类两千五百多年

尹喜的心就悬挂在天上
是被那紫气照耀的千古如意吉祥
全关人马行动起来
清扫官道清扫庭院清扫馆驿
连人和动物的身体包括建筑物的身体
也要彻底地清扫
然后再穿上好看的礼服
戴上洁净喜庆的饰品
清水铺到心灵干净的地方
铺到紫气东来的地方

一头悠悠的青牛
如一片小舟悠悠
在紫气悠悠的荒野
走过一个又一个日出的早晨
背负着一个又一个火红的太阳

背负着千古民生哀叹
背负着人与自然的哲学积淀
老子，一个干瘦得结晶出思想的巨人
头顶混乱的大周
头顶一团紫气
那是人类智慧初升的太阳
照耀道德和万物生长的思想
一头悠悠的青牛
泊向心灵的净土

尹喜呀！这个智慧的"劫匪"
这个学识的"贪官"
用礼节做钓钩
用崇拜和敬仰做诱饵
感动了一个圣人
一个圣人朝夕之间
赐予人类五千言
五千颗星悬挂在天上
照耀人类千万年

老子走过函谷关
去寻找让心灵安静的地方
尹喜放下函谷关
放下了不需要的俗世
追随光芒去寻找生长智慧的天堂
骑牛的老子
走过《道德经》的道

传扬《道德经》的德
老子在天上照耀我们
武当山三清山青城山……
骑牛的老子在山上供奉着我们
紫气东来
那是从神话中剪下的吉祥符号
悬挂在老宅的门楣
那是对老子的景仰
被顶在头上

道可道，人之道

道是混沌无形
就好像乌云密布的天空
就好像铅云垂压屋顶
可以想象沙尘席卷的旋风
和如绵羊猛兽的云朵
道是浑然一体和谐统一
道是周而复始独立不羁
先天地原本的存在
道是生生不息
道是永恒
道可道说不清道不明

道可道宇宙之道
道在权力之外
在物欲之外

在心灵之外
在无限的遐思之外
道在变中求变
在变化之外
无边无际的大道
永不枯竭的大道
永不止息的智慧之道

道可道生长之道
从无开始在恍惚之中
无中生有
有在天地之间
阳光雨露土壤
阴阳五行和合化育
万物生而复死
死而复生

道可道，心灵之道

人在天地间在道中
万中有一的生灵
不可自以为大
人，不足道哉
大的是智慧大的是心灵
生生不息的万物之长
心灵的广大在天地之间
心灵的无极在函谷之外

心灵的自在在青牛背上
心灵的平静在茶余饭后的闲淡

春风杨柳泛舟江南为道
花前月下相拥漫步为道
寒灯孤影修漫漫长路为道
男耕女织参禅诵经日上三竿不觉晓为道
拾半坡红叶煮一壶清茶围二三老友闲扯古今为道
养两只小鸟放一片心情在清晨阳光里
提一柄鱼竿钓天下闲事在过往烟云间
闲静为道搏击为道
道可道，玄之又玄道在道处
道可道，众妙之门无处不通为道

德可德，水之德

德可德万物之德
上善若水水之德处下不争
人之德如水甘居人下
有不失之德平静之德
造福与信义之德
贫贱而清白
蓄积而后满溢
付出而后扬善

滋养万物的舍我
容纳百川的包容

人与人如水样亲善不离
滴滴渺小随器成形
汇合成泉凝聚入流
合众一心跌宕磅礴
江河日下九九归一
千条万条的拢聚
无所不包的气度
奔腾的咆哮的静敛的是聚众的浩荡
没有降不服的收不拢的
因为有一种无所不包的胸怀叫大海
老子坐拥黄河面对奔腾而下的野马,说
像水一样生德像水一样灵活像水一样势不可当
水德生象水象生变
象披水衣于人身
人性若水

强大如水的男人
摧枯拉朽气壮如虹
气吞万里的豪迈
柔弱如水的女人
弱水三千娇媚一朵
柔情百种
慈怀博大
柔弱胜刚强
博大如水不贪为德
力与美如水持守为德

人有水德化育
水有弱德之美

水之德女人之德阴柔之德
水做的女人柔弱胜刚强
水灵灵的女人水滴石穿
半开的花朵一样娇羞
皮革一样柔韧
矜持是守护无欲的距离
春风化雨润物无声

水之德，裸裼之德

赤子紧握的小拳头上
闪烁弱德的光芒
那是毒虫猛兽猎鹰都敬畏的元德光芒
没有尘世污染的无欲无求的自然之子
有浑厚德行的初生婴儿
马克思发现希腊艺术的"永久魅力"
"儿童的天真"的美感
后来呀这赤子长大了
淹没在乱纷纷熙攘攘的红尘路
放纵物欲动气逞强
拼杀同类动伤元气
进而衰老
进而死亡

老子离我很远
我离红尘很近

德可德，民生之德

道大，天大，地大，人亦大
包容天地万物的是人心
大象无形大音希声
自然壮观的才悠远绵长
因为，有爱才能有勇
修俭德才能江河绵长
慎行谨言才能建功立业
朝鲜战争中的麦克阿瑟
轻狂地宣称让美国士兵"回家过圣诞节"
结果被冰雪中跃出的健儿
打过了三八线
这就是麻痹轻慢的下场

天地之间人为大
万物的主宰
大的不是人的肉身
而是无所不包的气度
人之德像水一样
就是那低处流走的谦卑之德
就是那洪流一样的合众之德

就是那湖泊如镜一样包揽万物的容纳之德
仁政是万民景仰的甘棠之德
德政如水载舟
在水之中共济九曲之流
德治在水之外蓄水济民
水之德是默默无闻的奉献
滋养万物的滥觞
倾情付出的善源

因为不争
就会永远保持反照万物的水镜
至德如水
透视人心
守住水的阴柔
甘居人下勇于奉献
天下就会和平共荣

一驾青牛可以把肉身载到云天之外
载到想象之外
却将善心大道播种在天地之间

道可道水之道
无所不利无所不包无所不至无所不克……

忧可忧，兵乱之忧

战火中一匹飞奔的牝马
突然，扬起后蹄
掀翻了身上的勇士
忽而前蹄刨地
忽而仰天长啸
忽而倒地嘶鸣
痛苦撕裂长空雁叫
白云为盖
枯草为铺
碾地成圆竟为产房

荒野啼哭
天下无道
牝马生于战场

这本该脱下笼头卸下鞍鞯
在舒适的马厩里
让主人当宝贝一样侍候
精草细料甘甜的井水
温润的手掌抚摸着温顺的长脸
猪鬃刷子梳理光滑的皮毛
黎明的朝阳挂在院子上空
喜悦挂在全家人的脸上
它是农耕的主力

是交通运输的依靠
是农家炫耀的资本
一匹小马的诞生会照亮一个屯子的笑脸

小马驹在战场的硝烟里
瑟瑟地站了起来
笼头和鞍鞯还在牝马的头和身上
身披戎装浑身流着脓血
还是低下头来慈爱地用嘴
舔舐着自己的骨肉

小马驹从战场上站起来
瑟瑟的西北风
令它浑身颤抖
死亡从战争中站起来
鲜血染红了生命

胜利,以丧礼的形式
是对战争的斥责
是对生命的敬重
那一个个男人的生命
正绽放成原野上一朵朵野菊花
一个个母亲
一个个妻子
一个个家庭
泪水流成一条河

流血的土地上
摆不下相撞的酒杯
不容许脚踏鲜血弹冠相庆

老子站在两千多年之前
警告后生万物平等
同受阳光抚爱雨露滋润
贪得无厌是自取灭亡的途径
木强则折,兵强则灭——
智者的一声呐喊
喊过两千多年,喊过
不要战争,尊重生命
中东战乱国破人民流离失所
死于海难的儿童,谁之过?
20年炮火连天的阿富汗
正是现代兵器的试验场
城市的碎片和零乱的平民尸体
谁之过?

核弹洲际导弹航母无人机核潜艇……
老子说兵者不祥之器
反对战争就是善心不泯的慈爱
美国曾经在阿富汗战争消耗两万多亿美金
换来的是数以千万计流离失所的难民
留下了死亡贫穷和饥饿
杀人越货的强盗划过长空……

核弹洲际导弹航母无人机核潜艇……
老子说不得已而用之恬淡为上
时刻准备着保卫和平
绝不容许
军备强大"以兵强天下"的骄横
绝不容许霸权主义的欺凌

夜空中悬挂着一尊老子
正怒视着人类的暴行

后记

告慰我苍老的爱诗的心灵

闻一多先生曾把唐人张若虚的诗《春江花月夜》誉为"以孤篇压倒全唐"之作,还评价说:"诗中的诗,顶峰上的顶峰。"因为这首诗,晚清学者王闿运称赞张若虚:"孤篇横绝,竟为大家。"这无疑是把诗人和作者推到了中国古代诗歌的顶峰。中国是个具有深厚的诗歌文化传统的大国,谁没有自幼背诵过唐诗宋词呢?我成长在"文革"的动乱年代,是背诵毛主席语录长大的,毛主席的古体诗词是我们同龄人都要背诵的,从中吸取过诗歌的营养自不待言。所以,中国诗歌文化深深地浸润过我;所以,我热爱上了诗歌;所以,我在上小学的时候就尝试过写诗,严格地说是模仿古体诗词写作,严格地说是写过几首顺口溜。

我的写作是从模仿和写顺口溜开始的,这是我的诗歌童年。从此后,诗歌这座"顶峰上的顶峰",我就总是仰望着。我也曾在屯里人对我的顺口溜的赞美声里得意扬扬,我也曾为生产队的文艺宣传队创作过三句半,因此,成为左邻右舍口中的一枚诗中,在我妈的笑容里,在我爸的皱纹里,度过艰难岁月。但是,我依然仰望着诗歌这座"顶峰上的顶峰"。

有人问艾青什么叫诗,他说,诗就是文学中的文学。这不是给诗歌下的定义，这是道出了写诗人的一腔苦水。诗歌写作太难了，诗太难写了！我从来不敢顶诗人这个桂冠，也顶多是写过几首歪诗。就是出这本集子，也顶多是出于一个目的——告慰我苍老的爱诗的心灵，也是对我今生今世文学旅程的一个总结。

孔子说："不学诗，无以言。"这个"诗"指的是《诗经》，这是孔子教育他儿子的话，说不读《诗经》就不会提高说话的水平。现在我们可以把这个意思理解为读诗可以提高写诗的水平。写诗要有天赋，我没有天赋，顶多是热爱，而且并不是狂热的那种热爱。我这话的意思是，如果天赋差一点点，加之狂热的话，你或许能成为一个标准的诗人。什么是标准的诗人？诗人没什么标准，你能写出并发表被读者大众认可或广为流传或小众流传的诗歌，或许你就是一个标准诗人了。我真就只是达到这个标准，艰难地写过几首诗的人，所以我的诗歌写作一直没有走出诗歌的童年。

我有个学生算是诗歌狂热分子，狂热地读诗写诗，甚至读古今中外的诗歌理论。为了诗歌，她把大学的课业给荒废了，学分没有修满，当然她拿不到大学文凭。她也不去工作，尽管我给她介绍过工作，她说她不想荒废诗歌。我问过她："诗歌能养活你吗？"开始的时候，她沉默。后来又过了几年，她在社会上流浪，但仍在写诗，我又问她这句话，她回答："够呛！"然后，她去北大旁听了；然后，她去探险了；再然后，她外婆去世的时候她选择了无动于衷，激怒了她母亲……说到这儿的时候，我想说的是，我是个俗人，我得要工作养家糊口，我得挣钱养我和全家，然后再养活诗歌。所以，我的诗歌一直没有长大长高，我的诗歌写作一直没有走到青壮年，尽管，我毫无疑问地走到了退休年龄，尽管我在内心深处种下了一句誓言：誓与诗歌共存亡！

　　我没有写诗的天赋，又不狂热，但是那种写作诗歌的冲动不时涌上脑际。因为我是个文学教授，就要端着别人的写作粮食，去滋养更多的年轻人，让他们精神茁壮起来。教学相长嘛！我在分析讲解别人的文学经典的时候，时常一不小心就带动起了自己的写作情绪，所以就时不时地自己操刀试一试。几十年下来，总结出一句话：写诗真的很难！我的诗总是在修改的路上，就是发表过的回过头也要修改，而这本集子，我早就做好了修改规划。诗稿发给诗人兼出版家马启代先生的时候，心里就盘算着还是要修改的，现在还在盘算着校对的时候还是要修改的。我真的很怀疑我会不会写诗。这已经不是能不能写出好诗的问题了。诗，都把人逼疯了！

　　诗，真的很难写！"顶峰诗"《春江花月夜》是古今公认的情景交融最完美的一首诗歌典范。这首诗36句，紧紧围绕春、江、花、月、夜五个"象"绘景造境，这些"象"就是情感和思想的附着物，是"体"，是灵魂附体的体，借体才能还魂，这个魂也是情。我经常苦于找不到一个合适的体，所以我的诗难以还魂。《春江花月夜》中月光这个"体"也是一个核心"象"，其他四个"象"紧紧围绕这个核心"象"附着在这个体之上。诗人将理性融入其中，将情感渗透其中，最难得的是，还在诗中塑造了思妇、游子这两个人物，使情和理有了附着体，这样创造的景、情、理有机融合的完整境界就有了可以触摸并具有戏剧舞台效果的艺术境界。诗歌塑造人物，使情和理的附着物有了人的质感和立体感，这是诗人的高明之处，也是"顶峰"之处的道理。

　　在物和人融汇的这个艺术境界中，情是外物（物象）刺激升华了的情，景是融合主观情感诗意描绘的奇妙的景，理是人生别离沉淀的智慧结晶，达到了"顶峰"的艺术效果自不待言。这里有个"触物"的问题，即接触外物而引起作者主观感情的冲动。"海上明月共潮生"，因物（月）起兴，因物（月）造人，写月光"玉户帘中卷不去，捣衣砧上拂还来"，又睹物思人。诗的核心价值就在于这物象的寄托，也就是梅尧臣所说的"因事有所激，因物兴以通"，"愤世嫉邪意，寄在草木虫"，由外物的激发以兴情，又把情感浸透、寄托于所描写的物象中。此外，开篇诗人以月、水为经纬，以春为质地，以花为图案，以夜为底色，织就了一幅光彩斑斓的春江花月夜图景，描绘了一幅奇丽的图画后，转入了对永恒宇宙和有限人生的探索。这探索最有感染力的一点是赋予了诗人的情感，这情感就是宇宙无限人生苦短的哀叹，这哀叹是"人生代代无穷已，朝月年年只相似"的人生考量，因为"代代无穷"生命可以延续，即所谓的香火不断传承，所以说是哀而不伤、哀而不叹。这景、情、理的融会贯通，亦是我望"峰"莫及之处。在韵律上，这首诗也有其妙处：四句一换韵，结构精妙严谨而又自然天成，没有斧凿之痕；韵律圆美流转而又富于变化，一波未平一波又起，是千百年来歌女传唱的因由所在。学习经典，解读经典，是有助于我在诗歌之路上成长的。

  诗歌是人类文化的瑰宝。我是职业文学教师，肩负着传承诗歌文化的大任；我有讲授诗歌的大任，也有写作诗歌的大任。使命在肩，当负重前行，且行且珍惜。

牛殿庆
2021年国庆前夕